E. Szelinski

Die Auflösungen im Trimeter des Aeschylus und Sophocles

Antigonos

E. Szelinski

Die Auflösungen im Trimeter des Aeschylus und Sophocles

Unveränderter Nachdruck der Originalausgabe von 1868.

1. Auflage 2024 | ISBN: 978-3-38614-986-0

Antigonos Verlag ist ein Imprint der Outlook Verlagsgesellschaft mbH.

Verlag: Outlook Verlag GmbH, Zeilweg 44, 60439 Frankfurt, Deutschland, info@outlook-verlag.de
Vertretungsberechtigt: E. Roepke, Zeilweg 44, 60439 Frankfurt, Deutschland
Druck: Libri Plureos GmbH, Friedensallee 273, 22763 Hamburg, Deutschland

Die Auflösungen im Trimeter

des

Aeschylus und Sophocles.

Es ist bekannt, daß die Anwendung des Tribrachys, Dactylus und Anapaest im Trimeter des Aeschylus und Sophocles seltener und im Allgemeinen strengeren Regeln unterworfen ist, als in dem der späteren Tragödien. Um jedoch festzustellen, wie weit dieser Unterschied geht und in welchen einzelnen Fällen derselbe namentlich hervortritt, bedarf es einer Untersuchung und Vergleichung aller Tragödien, welche die Auflösungen im Trimeter nach ihrer Bildung und Zahl in eingehender Weise betrachtet. Da eine solche für Aeschylus und Sophocles noch nicht veröffentlicht worden ist,[1] hoffe ich in folgender Abhandlung diesem Bedürfniß ensprechend zugleich zur Erweiterung und näheren Begründung der metrischen Gesetze des tragischen Trimeters einiges Interessante beizutragen. Die Untersuchung der Zahl und Bildung der Auflösungen, so wie die Betrachtung der Vereinigung von zwei oder mehreren in einem Trimeter wird auch berücksichtigen, wie sich in dieser Hinsicht Aeschylus und Sophocles, so wie die einzelnen Stücke eines jeden von beiden zu einander verhalten. Einige hierher gehörige Stellen aus den Tragödien beider Dichter, welche in Folge offenbarer oder wahrscheinlicher Verderbung in den Handschriften zu verschiedenen Conjecturen veranlaßt haben, werde ich genöthigt sein ausführlicher zu besprechen, wobei ich mitunter zugleich versuchen werde, die ursprüngliche Lesart durch Verbesserungen herzustellen, welche theils dem Sinn und sprachlichen Ausdruck, theils auch der metrischen Gewohnheit des Aeschylus und Sophocles meiner Meinung nach mehr entsprechen und namentlich auch die Verderbung in der handschriftlich überlieferten Lesart leichter erklären lassen, als die bisher gemachten Aenderungen.

Die Auflösungen im jambischen Trimeter werden, wie Roßbach und Westphal (griech. Metrik p. 188) richtig bemerken, in den späteren Tragödien immer häufiger, am häufigsten im Orest, wo schon auf zwei Verse eine Auflösung kommt.[2] Nicht richtig ist

---

[1] Der Aufsatz von Enger „Die Auflösungen im Trimeter des Aeschylus", Rhein. Mus. für Philol. N. F. Jahrg. XI. p. 444—450, hat zwar einige Punkte dieser Frage mit treffenden Bemerkungen hervorgehoben und beleuchtet, ist jedoch auf eine vollständige Untersuchung und ausführliche Betrachtung aller hierher gehörigen Fälle nicht eingegangen. Für Sophocles ist mir keine derartige Arbeit bekannt. Dagegen ist der Trimeter des Euripides für diesen Zweck sorgfältig untersucht und ausführlich besprochen von Rumpel „Die Auflösungen im Trimeter des Euripides" Philologus 1866 p. 405—421.

[2] Nach Rumpel a. a. O. p. 408 stehen fast auf gleicher Stufe mit Orest noch fünf andere

1

es jedoch, wenn an eben derselben Stelle gesagt wird, daß bei Aeschylus und Sophocles erst auf etwa 25 Trimeter eine Auflösung kommt, d. h. in einen Tribrachys
oder bei vorausgehender langer Thesis in einen auf der ersten Kürze zu betonenden Dactylus,[3] χορεῖος ἄλογος ἰαμβοειδής; denn die Substitution des Anapaest wird von Roßbach und Westphal[4] unter der Benennung der Auflösung im jambischen Trimeter nicht
mitbegriffen. Als Resultat einer genauen Untersuchung hat sich mir vielmehr ergeben,
daß bei Aeschylus und Sophocles schon auf 15 Trimeter (und einen Bruchtheil) eine
Auflösung in den Tribrachys oder Dactylus, und wenn man den Anapaest mitrechnet,
auf 13 Trimeter überhaupt eine Substitution eines dreisilbigen Fußes kommt. Ich zähle
nämlich bei Aeschylus 366 Auflösungen auf 4327 Trimeter, bei Sophocles 518 Auflösungen auf 7476 Trimeter. Was das Verhältniß beider Dichter zu einander anbetrifft,
so sind also mit Rücksicht auf die Zahl der Trimeter die Fälle der Auflösung bei Aeschylus
etwas häufiger, als bei Sophocles, indem nämlich bei ersterem auf etwas weniger als
12, bei letzterem auf etwas mehr als 14 Verse eine Auflösung sich findet. Auf die einzelnen Stücke des Sophocles vertheilt sich die Zahl der Substitutionen folgendermaßen:
Philoctet hat schon auf acht, Aias auf vierzehn, Oedipus Rex auf fünfzehn, Oedipus
Coloneus und die Trachinierinnen auf sechszehn, Electra auf zwanzig und Antigone
auf drei und zwanzig Trimeter eine Auflösung.[5] Das von Roßbach und Westphal

---

Dramen des Euripides: Iph. Aul., Bacch., Cycl., Hel., Phoen., bei denen auf zwei Trimeter (und
einen Bruchtheil) eine Auflösung kommt.

3) Weder die Bezeichnung Dactylus noch auch genommen Antidactylus ist für diese Auflösung
recht zutreffend; es ist vielmehr nur eine modificirte Form des Antidactylus, nach Lehrs unter Anwendung der Triole, welche hier am Anfange des Taktes nach vorausgehender Länge eintritt, so zu
messen, daß dieser Fuß von einem Viertel und zwei Triolenvierteln gebildet wird, während dem
Dactylus die Messung ♩♪♪, dem Antidactylus die Messung ♪♩♪ zukommt. Als Beispiel diene
folgender Vers:

$$\text{Ἐγὼ σκοτώσω βλέφαρα καὶ δεδορκότα}$$

wo wir einen modificirten Antidactylus im dritten Fuß haben. Der Kürze und Deutlichkeit wegen
werde ich indessen die einfachere und bisher auch für diese Substitution allgemein übliche Benennung
Dactylus in meiner Abhandlung beibehalten.

4) Vgl. griech. Metrik a. a. O. und p. 142. Daselbst heißt es: „Die irrationale Thesis läßt
keine Auflösung zu. Unrichtig ist es, wenn Juba bei Rufin p. 3859 nnd Marius Victorinus p. 2525
von dem Spondeus des jambischen Metrums sagen: si prior syllaba spondei solvatur in duas
breves, fiat anapaestus. Sie verstehen unter dem anapaestus den in den dialogischen Jamben ein-
gemischten tyklischen Anapaest, der aber mit dem irrationalen Jambus nichts zu thun hat und schon
deswegen keine Auflösung desselben sein kann, weil er auch an solchen Stellen des Verses vorkommt,
von welchen der Spondeus bei den Griechen durchaus fern gehalten ist.“ Ganz richtig; ich nehme jedoch keinen Anstand, unter den Formen der Auflösung im jambischen Trimeter den Anapaest mitzu-
begreifen, in dem Sinne freilich, daß nicht eine Silbe in zwei, sondern ein zweisilbiger Fuß in einen
dreisilbigen von derselben Zeitdauer aufgelöst wird.

5) Es hat nämlich Phil. (995) 129, Aias (1024) 73, O. R. (1203) 79, O. C. (1275) 81,
Trach. (974) 61, El. (1134) 56, Ant. (887) 39 Auflösungen. Die eingeklammerten Zahlen geben
die Zahl der Trimeter an.

angegebene Verhältniß von 1 : 25 paßt also nur für die **Antigone** und annähernd für die **Electra**.

Wenn Antigone Ol. 84, 3 (441) und Electra, wahrscheinlich um dieselbe Zeit aufgeführt, in dieser Zusammenstellung die Reihe der Stücke beschließen, so ist die geringe Zahl der Substitutionen, so wie die regelmäßige Bildung derselben dem gediegenen und mit besonderer Sorgfalt gebauten Trimeter der ersteren und der vorzugsweise einfachen und gemessenen Sprache der letzteren Tragödie vollkommen entsprechend. Bedeutend ist der Abstand zwischen diesen beiden Stücken und dem Philoctet, dem spätesten der uns erhaltenen Sophokleischen Dramen; [6]) und es zeigt sich in der viel häufigeren Anwendung, namentlich aber auch, wie wir unten sehen werden, in der nicht selten abweichenden Form der Auflösungen die auch in anderer Beziehung im Philoctet (wie überhaupt in den Tragödien nach Ol. 89) geringere Strenge in der Behandlung des Versbaus. Freilich darf man hier nicht übersehen, daß in dieser Tragödie, namentlich auch wegen der häufigeren leidenschaftlichen Ausbrüche des Schmerzes, eine größere Beweglichkeit im Trimeter überhaupt erfordert wird, wie denn auch gerade an drrartigen Stellen die Auflösung am häufigsten wiederkehrt. Auch möchte ich nicht aus dem Verhältniß zwischen Antigone und Philoctet in der Anwendung der Substitutionen mit irgend welcher Sicherheit schließen, daß, wie es für Euripides von **Rumpel** mehr als wahrscheinlich gemacht ist, [7]) so auch bei Sophocles die Abfassungszeit eines Stückes, falls dieselbe zweifelhaft ist, nach der mehr oder minder häufigen Anwendung der Auflösung muthmaßlich sich bestimmen ließe. Ich will hier nur Folgendes bemerken. Wenn die Entstehungszeit des Oedipus Coloneus von einigen schon lange vor die Zeit seiner Aufführung gesetzt wird, da die durchgebildete Form dieses Stückes weder zu dem vorgerückten Greisenalter des Dichters noch zu der lässigen Technik der Ochlokratie passend erscheint, [8]) so dürfte diese Annahme auch durch obiges Zahlenverhältniß der Substitutionen sich unterstützen lassen gegen die Behauptung derer, welche aus dem strengeren Bau des Trimeters lediglich auf eine besondere Sorgfalt in der Ausführung dieses Stückes schließen wollen. [9]) Was ferner den Aias anbetrifft, so wäre dieses Stück nicht als ältestes der uns erhaltenen Sophokleischen Dramen anzusehen, sondern vielmehr Antigone, und Aias wäre in eine spätere Zeit zu setzen. **Bernhardy** griech. Literaturgesch. II. p. 815 sagt nur, daß Komposition, Stil und Versbau auf die Zeit vor dem Peloponnesischen Kriege zurückweisen, während in der Einleitung zum Aias von **Schneidewin** und **Nauck** p. 68 dieses Stück jedenfalls vor Ol. 84,3 (441) gesetzt wird. Wenn endlich die Trachinierinnen, welche von **Bernhardi** wol mit Unrecht ein unausgeführtes Werk der späteren Lebensjahre des Dichters genannt werden, in der Einleitung zu diesem Stück von **Schneidewin** und **Nauck** p. 27 zwischen Ol. 84, 4 und 92, 3 gesetzt sind, so entspricht dieser Vermuthung auch die Stelle, welche dieselben nach der Zahl der Substitutionen unter den Sophokleischen Dramen ein-

---

6) Ol. 92,3 (409) aufgeführt.
7) **Rumpel** a. a. O. p. 408.
8) **Bernhardy** griech. Lit. II. p. 808.
9) **Einleitung** zum Oedipus Coloneus von **Schneidewin** und **Nauck** p. 26.

nehmen. Was die einzelnen Stücke des Aeschylus betrifft, so haben die Septem und Persae schon auf acht, die Choephoren und Supplices auf eilf, Agamemnon auf vier= zehn, Prometheus auf sechszehn und die Eumeniden auf achtzehn Trimeter eine Auf= lösung. [10]) Es läßt sich darnach bei Aeschylus das Zahlenverhältniß der Substitutionen mit der Abfassungs= oder Aufführungszeit der einzelnen Dramen jedenfalls noch gar nicht in Zusammenhang bringen. Denn während die Perser, ohne Zweifel das älteste der uns erhaltenen Aeschyleischen Stücke, Ol. 76, 4 (472) und die Septem, vermuthlich Ol. 78, 1 (467) aufgeführt, in der Zahl der Auflösungen dem Philoctet nicht nachstehen, ist dieselbe in den Stücken der Orestie, welche Ol. 80, 2 (458) zur Aufführung kam, durchschnittlich fast nur halb so groß. Wenn übrigens an Zahl der Substitutionen Aeschy= lus und Sophocles einander fast gleich stehen, ja bei ersterem dieselben im Verhältniß zu der Zahl der Trimeter etwas häufiger vertreten sind, so wird sich, was die Bildung der Auflösungen betrifft, unten zeigen, wie im Aeschyleischen Trimeter die gewöhnliche Form derselben doch noch mit größerer Strenge beobachtet wird, als bei Sophocles, so daß für manche Fälle der Abweichung bei letzterem die Tragödien des Aeschylus noch gar kein Beispiel enthalten.

Wenden wir uns nun den Substitutionen selbst, so verdient es zunächst bemerkt zu werden, daß die Auflösung in der dritten Arsis, also nach der caesura penthemimeres bei weitem am häufigsten eintritt, so daß fast die Hälfte aller Auflösungen bei Aeschylus und Sophocles auf den dritten Fuß kommt, und zwar verhält sich an dieser Stelle des Trimeters die Zahl der Tribrachen zu der Zahl der Dactylen bei Aeschylus wie 1 : 3, bei Sophocles wie 1 : 4. Die Auflösung der dritten Arsis bei vorausgehender langer Thesis ist also bei weitem überwiegend. Vergleicht man jedoch die Anzahl beider Sub= stitutionen im Allgemeinen, so ergiebt sich, daß dieselben bei beiden Dichtern in den ein= zelnen Stücken meist gleichmäßig vertheilt sind. [11]) Ein erheblicher Unterschied macht sich nur geltend in der Antigone, die auf 26 Tribrachen nur 9 Dactylen enthält, und es spricht auch dieser Umstand dafür, daß dieses Stück als das älteste der uns von So= phocles erhaltenen anzusehen ist. Auch in der Electra ist der Dactylus noch möglichst vermieden, denn es kommen hier auf 32 Tribrachen nur halb so viel Dactylen. Viel seltener als der Tribrachys und Dactylus findet sich im Trimeter der Anapaest, nach meiner Zählung 50mal bei Aeschylus, 74mal bei Sophocles, davon 20mal allein im Philoctet, dagegen nur 4mal in der Antigone, und zwar ausschließlich nur in Eigen= namen, was sich von keinem anderen Sophocleischen Stück sagen läßt und die Antigone gleichfalls als ältestes der uns erhaltenen Stücke kennzeichnet. Im Allgemeinen aber ergiebt sich, daß durchschnittlich bei beiden Dichtern erst auf etwa 90 Trimeter ein Anapaest kommt.

Ein Fall der Substitution im jambischen Trimeter ist nun noch der, daß bei dem

---

10) Es haben nämlich die Sept. (560) 72, Pers. (439) 54, Cho. (645) 58, Supp. (481) 44, Agam. (782) 54, Prom. (776) 48, Eum. (657) 36 Auflösungen.

11) Im Aeschyleischen Trimeter zähle ich 165 Tribrachen und 151 Dactylen, im Sophocleischen 231 Tribrachen und 213 Dactylen. Davon kommt auf den dritten Fuß bei Aeschylus 53mal der Tribrachys und 144mal der Dactylus, bei Sophocles 51mal der Tribrachys und 192mal der Dactylus.

Zusammentreten dreier Kürzen auch die Messung eines Catapaest eintreten kann, an den Stellen nämlich, wo vor eine lange Thesis des dritten oder fünften Fußes drei kurze Silben zu stehen kommen, z. B. El. 30:

$$\mathrm{\delta\xi\varepsilon\tilde{\imath}\alpha\nu\ \mathring{\alpha}\varkappa o\mathring{\eta}\nu\ \tau o\tilde{\imath}\varsigma\ \mathring{\varepsilon}\mu o\tilde{\imath}\varsigma\ \lambda\acute{o}\gamma o\iota\varsigma\ \delta\iota\delta o\acute{\nu}\varsigma}$$

Rechnet man hier nach Jamben, so ist im zweiten Fuß ein Tribrachys eingetreten. Schneidet man jedoch den Auftakt ab und zählt nach Trochaeen, wie wir es eben gemacht haben, so steht an der geraden Stelle, gleich wie im trochäischen Tetrameter, ein Catapaest ($\acute{\varepsilon}\ \varepsilon\ \varepsilon$). Es ist bisher noch nicht beachtet worden, daß dieser Fall bei Aeschylus und Sophocles, abgesehen von den Stellen, wo er in Eigennamen vorkommt, verhältnißmäßig noch sehr selten und, wie wir unten sehen werden, allem Anschein nach nur unter gewissen Bedingungen zugelassen ist. Vergleicht man übrigens eine Auflösung dieser Art mit einem der Fälle, in welchen, wie es gewöhnlich geschieht, den drei Kürzen noch eine vierte in der Thesis des nächsten Fußes folgt, so sieht man, daß der Uebergang aus der durch die Auflösung der Arsis eingetretenen schnelleren Bewegung in den regelmäßigen Gang des Trimeters sich angemessener und weniger auffallend vollzieht, wenn eine kurze Thesis das Aufsteigen der Stimme zu der dritten oder fünften Arsis vermittelt, als wenn die Schnelligkeit des Tribrachys plötzlich durch eine Länge gehemmt wird.

Indem ich nun auf die verschiedenen Substitutionen im Besonderen, und zwar zunächst auf den Tribrachys genauer eingehe, schicke ich zur besseren Uebersicht über das Verhältniß der einzelnen Versfüße zu einander folgende Tabelle voraus:

Stücke des Aeschylus.	Tribrachys						Stücke des Sophocles.	Tribrachys					
	I	II	III	IV	V			I	II	III	IV	V	
Prometheus	1	1	8	5	1	16	Trachinierinnen .	4	2	4	8	1	19
Supplices	5	1	5	3	2	16	Antigone	8	2	7	8	1	26
Eumeniden	3	—	4	7	4	18	Electra	8	7	4	10	3	32
Agamemnon . . .	5	1	5	8	—	19	Aias	6	5	9	11	1	32
Persae	1	5	10	12	1	29	Oedipus rex . . .	11	2	10	7	3	33
Septem	5	1	11	14	—	31	Oedipus Col. . . .	8	9	7	11	—	35
Choephoren	8	10	10	8	—	36	Philoctet	17	14	10	11	2	54
	28	19	53	57	8	165		62	41	51	66	11	231

Hiernach finden wir den Tribrachys bei beiden Dichtern am häufigsten im dritten und vierten Fuß des Trimeters, so daß die erste Kürze in die vor der Penthemimeres oder Hephthemimeres stehende Thesis, die zweite und dritte, in der Regel der Anfang eines mehrsilbigen Wortes, in die folgende Arsis fällt, z. B. $\mathrm{\varphi\omega|\tau\grave{o}\varsigma\ \mathring{\alpha}\nu o|\sigma\iota o\nu,\ \delta\grave{\varepsilon}\ \pi o\lambda\varepsilon|\mu\acute{\iota}o\nu\varsigma}$, bei Aeschylus verhältnißmäßig noch öfter als bei Sophocles, denn ersterer hat auf etwa

40, letzterer auf etwa 60 Trimeter einen Tribrachys im dritten oder vierten Fuß. In gleichem Maße ist der Tribrachys, wie die Tabelle zeigt, bei Sophocles auch im ersten Fuß vertreten, während er sich hier bei Aeschylus nicht so oft findet, so daß ersterer unter 120, letzterer unter 154 Trimetern einen mit einem Tribrachys beginnen läßt. Viel seltener dagegen findet man diese Substitution hinter der Pause, welche der Trimeter nach der zweiten Thesis gestattet, d. h. im zweiten Fuß, bei Aeschylus einmal in 228, bei Sophocles einmal in 182 Versen; es kommen jedoch bei letzterem von den 41 Fällen 14, also ein Drittel, allein auf den Philoctet und bei Aeschylus fast die Hälfte der Fälle auf die Choephoren, wovon wiederum der größere Theil nur melischen Trimetern angehört. Im fünften Fuß endlich wurde der Tribrachys von beiden Dichtern am allerwenigsten und, wie es scheint, nur ausnahmsweise angewendet.

Ich komme nun zu der Bildung des Tribrachys und betrachte die verschiedenen Fälle derselben, und zwar a) im ersten Fuß, b) im zweiten, dritten und vierten Fuß, wobei ich zugleich auch diejenigen Fälle besprechen werde, in welchen nach trochäischer Messung im Trimeter ein Catapaest eintritt, c) im fünften Fuß, d) mit Bezug auf die Anwendung in Eigennamen.

Wenn die Substitution dreier Kürzen am Anfang des Trimeters eintritt, so unterscheidet sie sich von den Tribrachen der folgenden Füße vornehmlich dadurch, daß sie mit wenigen Ausnahmen aus einem dreisilbigen Worte besteht, während an den folgenden Stellen der Tribrachys in der Regel von zwei Wörtern gebildet wird. Diejenigen Wörter, welche im ersten Fuß einen Tribrachys beschließen, sind bei Aeschylus und Sophocles folgende: πότερα (15mal), πότερον (8mal), πατέρα (7mal), ὄνομα (3mal), ἀπόδος, ἄφετε (je 2mal) und je 1mal δόλιος, δόλιον, ἄγριον, νόμιμα, ἄφιλον, ἄφετον, ἔνατος, ὅσια, στόμια, πλόκαμον, πίτυλον, πέλαγος, ἔρυμα, ἔχετε, ἄγετε, πεδίον, πεδία, πατρίδα, πατέρας, ἱκέτις, σταγόνες, λιβάσιν, βαρέα, ἱερά, ἀγαθά, ἱκανός, ποδαπόν, ferner die Nomina propria Ἕλενος, Στρόφιος (je 2mal), Ἔπαφος, Βρόμιος, Δαναός, Ταλαός (je 1mal), in überwiegender Zahl Proparoxytona,[12]) so daß also Wortaccent und Versaccent meistens nicht übereinstimmen, welche Bemerkung Rumpel (a. a. O. p. 410) auch für Euripides gemacht hat. In einem augmentirten Verbum beschlossen findet sich der anlautende Tribrachys im Trimeter Cho. 930: ἵκανες ὃν οὐ χρῆν, καὶ τὸ μὴ χρεὼν πάθε, wenn diese von Dindorf aufgenommene Emendation Hermann's praef. ad Eur. Bacch. p. XX für das handschriftliche κάνες γ'ὃν οὐ χρῆν richtig ist. Aeltere Editoren lassen diesen Trimeter anapästisch beginnen mit ἵκανές γ', was sich nicht ohne Weiteres zurückweisen läßt,[13]) wie Wellauer thut, indem er κανοῦσ' vorzieht. Die Entscheidung über diese Stelle

---

12) Die Stellen sind: Agam. 274. 625. 630. 881. 1584. Cho. 13. 89. 120. 186. 187. 240. 976. Euw. 24. 704. Pers. 613. Prom. 666. Supp. 234. 314. 320. 335. 341. Aias 265. 460. 863. Ant. 284. 455. 760. 887. 1176. 1197. El. 279. 539. 588. 694. 707. 1327. 1461. 1496. O. C. 265. 306. 337. 588. 800. 850. 961. 1318. O. R. 112. 377. 388. 750. 920. 934. 960. 1372. 1406. Trach. 342. 740. 863. 1197. Phil. 606. 608. 636. 662. 789. 932. 943. 981. 1018. 1054. 1274. 1338.

13) Vgl. unten die Fälle des Anapaest im ersten Fuß.

wird übrigens durch den Umstand erschwert, daß der vorhergehende Vers ausgefallen ist. Außerdem finde ich den Tribrachys am Anfang des Trimeters in einem augmentirten Verbum nur in ἔπιετε O. R. 1401, zugleich eine von den wenigen Stellen, an welchen der Tribrachys im ersten Fuß nicht aus einem dreisilbigen Worte besteht, sondern ein längeres beginnt. Die anderen Fälle dieser Art sind ἀθάνατον 14) Phil. 1420, πεδιονόμοις Sept. 207, λιπαροθρόνοισιν Eum. 806 und fünfmal Formen von Ἐτεοκλῆς, der Nom. Ἐτεοκλέης Sept. 6, der Voc. Ἐτεόκλεες ib. 39, der Acc. Ἐτεοκλέα ib. 1007, Ant. 24, 194, immer mit langem α, und zwar vor μέν. In zwei Wörtern gebildet findet sich der Tribrachys bei Aeschylus im ersten Fuß noch gar nicht, bei Sophocles nur sehr selten. Die Stellen sind: τί ποτε Aias 341. 1356. O. R. 1073. Phil. 790. 914, τί παραφρονεῖς ib. 814 und πρὸς ἔρυμα Aias 467, also außer der letzten Stelle immer mit τί. Nur einmal besteht er aus drei Wörtern, nämlich in τίς ὁ πόθος Phil. 601.

In den folgenden drei Füßen des Trimeters ist die Substitution dreier Kürzen gewöhnlich aus zwei Wörtern und dann regelmäßig so gebildet, daß die erste Kürze das erste Wort endigt oder ein Wort für sich bildet, die zweite und dritte dem folgenden Worte angehören, welches in der Regel mehr als zwei Silben hat, z. B. σῶμα Πολυνείκους, δὶ πολεμίους. Für den Fall, daß die beiden ersten Kürzen zum ersten Worte gehören, der bei Euripides, wenn auch sehr selten, doch schon eintritt,15) habe ich weder bei Aeschylus noch bei Sophocles ein Beispiel gefunden. Dagegen geschieht es mitunter, daß nicht der Anfang eines längeren Wortes, sondern ein zweisilbiges Wort die aufgelöste Arsis bildet, jedoch, wie es scheint, meistentheils nur dann, wenn die Beschaffenheit des Wortes dazu nöthigt. In der Regel ist dasselbe in diesem Falle eine Präposition, und zwar bei weitem am häufigsten διά, wo die Auflösung durch das Zusammentreffen der beiden Vokale erleichtert wird, z. B. ἴσχε διά, με διά. So findet sich διά als zweites Wort im Tribrachys Aias 575. Ant. 742. 916. Phil. 685. 760. 822. Prom. 273. Sept. 534. 593. παρά Cho. 71. 89. O. R. 935. ἐπί Agam. 1605. περί ib. 1265. Aias 828; außerdem τίνα Pers. 296. Sept. 650. Cho. 885. O. R. 741 und nur sehr selten ein Substantivum, κλέος Phil. 1347 und in zwei melischen Trimetern χάριν Cho. 42 und χερός ib. 426. Dazu kommen noch die durch Elision zweisilbigen Substantiva πατρίδ' Pers. 403, πατέρ' Eum. 602, φύλακ' Supp. 313, ὄνομ' O. C. 41.16) Bemerkenswerth ist und jedenfalls nicht bloß zufällig, daß alle diese Fälle dem dritten oder vierten Fuß des Trimeters angehören, während im zweiten Fuß bei Aeschylus nirgends, bei Sophocles nur einmal in einem melischen, und zwar fehlerhaft überlieferten Trimeter ein zweisilbiges Wort die aufgelöste Arsis bildet. El. 1263 haben die Handschriften Τότ' εἶδες, ὅτε θεοί μ' ὤτρυναν μολεῖν. Der nächste Vers ist wahr-

---

14) Die Messung —⏑⏑ ist in ἀθάνατον hier nicht möglich, da die erste Silbe keine Ictussilbe ist. Hiernach ist zu berichtigen Ellendt Lex. Soph. s. v. ἀθόνατος.

15) Rumpel a. a. O. p. 410 führt aus Euripides an τίνα λό|γον Jon. 391, πρός|δοτί, τι. Hel. 700. ἄγε νυν (al. νῦν) Cycl. 630. ποτὲ μέν Phoen. 401.

16) Man vergleiche ganz dieselben Fälle unten bei der Besprechung des Dactylus im dritten Fuß.

scheinlich ausgefallen und wird von Hermann in folgender Weise ergänzt: αὐτοὶ γεγῶτε τῆςδε τῆς ὁδοῦ βραβῆς. Triclinius las θεοί γέ μ᾽ ὤτρυναν, Brunck θεοί μ᾽ ἐπώτρυναν und die letztere Emendation ist auch in die späteren Terte übergegangen. Die Richtigkei von ὅτε ist bis jetzt nicht angezweifelt worden; ich vermuthe jedoch in diesem Wort ein Verderbung, und zwar abgesehen von der eben gemachten Bemerkung für den Tribrachys im zweiten Fuß, aus folgenden Gründen. Sowol in der Lesart der Handschriften al auch in der Emendation von Brunck, wonach also der Trimeter lauten soll:

τότ᾽ εἶδες, ὅτε θεοί μ᾽ ἐπώτρυναν μολεῖν,

müßte das Object, das Haupt- und Nebensatz gemeinschaftlich haben, nicht im letteren sondern im ersteren stehen, wo es sehr empfindlich vermißt wird und sich nicht gut er gänzen läßt. Und gesetzt auch, der Dichter hätte den Orestes sagen lassen: „Da sah Du (mich), als die Götter mich antrieben zu kommen", so wäre das doch eine sehr un beholfene Antwort auf die vorhergehenden Worte der Electra. Man erwartet vielmehr „Da sahst Du mich als einen solchen, den die Götter antrieben zu kommen." Viel leicht wurde, wie ich vermuthe, ursprünglich gelesen:

τότ᾽ εἶδες, ὃν θεοί γ᾽ ἐπώτρυναν μολεῖν.

Man vergleiche Phil. 1296: πέλας γ᾽ ὁρᾷς, ὅς σ᾽ ἐς τὰ Τροίας πεδί᾽ ἀποστελῶ und das Ellendt Lex. Soph. s. v. ὅς 3. Und die metrische Verderbung des Verses in de handschriftlichen Ueberlieferung hat vielleicht darin seinen Grund, daß die Abschreiber nich sahen oder nicht sehen wollten, daß der Accusativus des Pronomen personale in ὅ mitenthalten sei, und daher μ᾽ ὤτρυναν für γ᾽ ἐπώτρυναν und dieser Aenderung entsprechen ὅτε für ὅν setzten, in dem Glauben, daß mit Herstellung derselben Silbenzahl auch der metrischen Bedürfniß Genüge geleistet werde.

Mitunter besteht der Tribrachys auch aus drei Wörtern, und zwar zunächst, wen man ein in der Mitte stehendes elidirtes δέ, τε oder με mitrechnet, so bei Aeschylus ein mal in ὄντα μ᾽ ἐπί Agam. 1605, bei Sophocles in ἔπειτα δ᾽ ἱκέτης O. C. 634 φθίνουσα δ᾽ ἀγέλαις O. R. 26, τί μ᾽ ἄγετε Phil. 1209, μητρί τ᾽ Ἐριβοιαν Aias 569 Ist der Tribrachys, wie es mitunter geschieht, aus drei Wörtern gebildet, so daß di zweite Kürze ein einsilbiges Wort ist und erst die dritte ein zwei- oder mehrsilbiges an fängt, so findet man stehend ὁ oder τόν, also eine Form des sich leicht und eng an da folgende Wort anschließenden Artic. praep. in der Mitte, so einmal bei Aeschylus i ἄριστα τὸν ἐμόν Agam. 600, bei Sophocles in ὅστις ὁ τόπος O. C. 26, οὗτος ὁ σοφό O. R. 568, δὲ τὸν ἐμόν Trach. 4, πατέρα τόν ἐμόν O. R. 967, φασὶ τὸν ἀγαθό Ant. 31, ἐξελᾶτε τὸν ἀσεβῆ O. C. 823. Endlich kommt es auch vor, daß zwei ein silbige Wörter, wenn es der Nachdruck fordert, die aufgelöste Arsis bilden. Die Stelle sind Ἀρκάς. ὁ δέ Sept. 547, (οὐκ ἐλάσσονα) πάσχουσι, τὰ δὲ (μέλλουσι) Pers. 814 αὐτό. τί γάρ Phil. 651, μάθημα; τί με ib. 918, ἔξοιδα, σὲ μέν O. C. 985. In vie Wörtern, ein elidirtes με oder γε mitgerechnet, finde ich einen Tribrachys nur an zw Stellen des Philoctet:

v. 1029. καὶ νῦν τί μ' ἄγετε; τί μ' ἀπάγεσθε; τοῦ χάριν;
v. 1247. καὶ πῶς δίκαιον, ἅ γ' ἔλαβες βουλαῖς ἐμαῖς,
πάλιν μεθεῖναι ταῦτα;

An letzterer Stelle hat Nauck für das handschriftliche ἅ γ' ἔλαβες (so auch Laur. A.) in den Text gesetzt ἔλαβες, zu welcher Aenderung jedoch kein hinreichender Grund vorhanden ist. Dem schnellen und lebhaften Wortwechsel, der hier zwischen Neoptolemos und Odyssens Vers auf Vers geführt wird, ist die Auflösung an dieser Stelle gerade recht angemessen, wie sie auch überhaupt in diesem Gespräch besonders häufig ist. Und was die ungewöhnliche Bildung des Tribrachys anbetrifft, so werden unten bei der Besprechung des Dactylus im dritten Fuß mehrere ganz entsprechende Formationen der Auflösung zur Erwähnung kommen.

Eine Ausnahme davon, daß die erste Kürze des Tribrachys durch die Penthemimeres oder Hephthemimeres oder im zweiten Fuß wenigstens durch eine Pause von den beiden folgenden in die Arsis fallenden Kürzen getrennt wird, tritt ein, wenn der Tribrachys an diesen Stellen in einem dreisilbigen Worte beschlossen ist oder den Anfang, den Schluß oder die Mitte eines längeren Wortes bildet. Es geschieht dies jedoch nur selten und meistentheils nur, wenn das Zusammentreffen zweier Vokale die Auflösung erleichtert, oder in solchen Wörtern von dem Maaße eines Paeon primus oder Proceleusmaticus, welche sich nicht immer vermeiden ließen. In einem Tribrachys beschlossen finde ich bei Aeschylus im zweiten Fuß χθόνια Cho. 1, ξένια Agam. 1590 und ἄμαχον Cho. 55 in einem melischen Trimeter, im vierten Fuß λιγέα Pers. 332, bei Sophocles dreimal πατέρα, O. R. 826 im vierten, El. 1361 (χαῖρ' ὦ πάτερ. πατέρα) im dritten, Phil. 1314 im zweiten Fuß und einmal πότερα Phil. 1235 ebenfalls im zweiten Fuß. Den Anfang eines längeren Wortes bildet der Tribrachys bei Aeschylus im dritten und vierten Fuß nirgends, im zweiten nur in dem zweifelhaften φερομένων Cho. 80 in einem melischen Trimeter, bei Sophocles im zweiten Fuß in πεδιάδος Ant. 420, πιθόμενος Phil. 1226, πολέμιον ib. 1323, ἐτέλεσε Trach. 917, ἀνάλυσις El. 412 in einem melischen Trimeter und in Ἐτεοκλῆς O. C. 1295, im dritten Fuß in Ἐτεοκλος O. C. 1316. Wörter, die mit vier Kürzen beginnen, wie im ersten Fuß πεδιονόμοις, lassen die folgenden Füße gar nicht zu. Von längeren Wörtern, welche mit einem Tribrachys endigen, findet sich im zweiten Fuß nur ἑτοιμότερα Cho. 447, der Anfang eines melischen Trimeters, im dritten μαρτύρια Eum. 485 und οὐράνια O. R. 301, im vierten νηφάλια Eum. 107, ἀμφότερα Pers. 492, τυμβοχόα Sept. 1022 und die Nomina propria Οἰχαλίαν Trach. 353, Εὐμενίδας O. C. 42, Νεοπτόλεμε Phil. 4. Ein Beispiel für den Tribrachys in der Mitte eines längeren Wortes finde ich nur in dem melischen Trimeter Cho. 426: ἐπασσυτεροτριβῆ τὰ χερὸς ὀρέγματα.

Die Auflösung der Arsis vor einer langen Thesis haben sich Aeschylus und Sophocles, wie bereits oben bemerkt ist, nur selten erlaubt, abgesehen von den anapästisch anlautenden Eigennamen, in welchen die Auflösung häufiger, jedoch nur nach der Penthemimeres, also nicht im zweiten, sondern nur im vierten Fuß gefunden wird. So steht z. B. in ὄνομαΣαλαμῖνος, σῶμα Πολυνείκους der Tribrachys vor einer Länge oder nach trochäischer Messung an der geraden Stelle ein Catapaest. Am häufigsten finden sich so Formen von Πολυνείκης, Sept. 577. 641. 658. 1013. Ant. 26. 198. 902. 1198. O. C. 375, ferner Ἰοκάστη O. R. 632. 950. 1053. 1235, Σαλαμῖνος Pers 284. 447, Ἀγαμέμνων Agam. 523. 1404, Πολυφόντου Sept. 448, Πολυδώρου O. R. 267, Ἀταλάντης O. C. 1322, Λυκομήδους Phil. 243, Ἐρίβοιαν Aias 569, Ἀχελῷον Trach. 9, Τελαμῶνος Aias 1299. Hinter der zweiten Thesis des Trimeters kommt ein anapästisch beginnender viersilbiger Eigenname nirgends vor, dreimal jedoch findet sich hier der Catapaest in einem dreisilbigen Nomen proprium beschlossen, in Μαραθών Pers. 475, Μερόπη O. R. 775, Τελαμών Aias 1008 und einmal am Ende eines viersilbigen in Ἐτεοκλῆς O. C. 1295. Was nun andere Wörter anbetrifft, so finde ich bei Aeschylus den Tribrachys im vierten Fuß vor einer Kürze nur in καθαιμάξωσι νεοθήλου Eum. 444, ἔχουσα νεοδρέπτους Suppl. 333, λιγέα κεοκύματα Pers. 332, νηφάλια μειλίγματα Eum. 107, τυμβοχόα χειρώματα Sept. 1022 und in Ἀρκάς. ὁ δὲ τοιόςδ' (ἀνήρ) ib. 547. Wie man sieht, ist an allen diesen Stellen die Auflösung der Arsis durch das Zusammentreffen zweier Vocale erleichtert, außer der letzten, wo, wie oben bereits gesagt ist, der Nachdruck, der auf ὁ δέ gelegt werden soll, die Auflösung der Arsis nothwendig gemacht hat. Für den zweiten Fuß finde ich bei Aeschylus nur eine sichere Stelle Pers. 403, wo θήκας τε προγόνων, der Anfang des Verses, mit θέων τε πατρώων ἔδη, dem Schluß des vorhergehenden Trimeters einen Chiasmus bildet; daher vermuthlich die Stellung von προγόνων, während Aeschylus sonst wohl vorgezogen hätte, den Vers anapästisch mit προγόνων τε θήκας beginnen zu lassen. Mit Rücksicht auf diese so seltene Anwendung des Tribrachys vor einer Länge scheint mir Dindorf's Aenderung πᾶσιν ὃς ἀνέστη θεοῖς Prom. 354, zumal da hier der Catapaest in einer sowol den oben angeführten Fällen als auch denen des Sophokleischen Trimeters wenig entsprechenden Bildung eintreten würde, mindestens eben so unwahrscheinlich als der Anapaest in dem handschriftlichen πᾶσιν ὃς ἀντέστη θεοῖς. Neuerdings hat übrigens Hamacher „De anapaesto in trimetris Aeschyli" Progr. v. Trier 1867 gegen die bisher allgemein giltige Regel, daß der Anapaest im tragischen Trimeter außer dem ersten Fuß sich nur in Eigennamen findet, diejenigen Anapaeste der Handschriften, welche zu Gunsten dieser Regel beseitigt sind, wieder in Schutz genommen und nicht nur diese, sondern auch mehrere andere, welche wir nicht in den Handschriften lesen, dadurch zu restituiren versucht, daß er an mehren Aeschyleischen Stellen zu zeigen sich bemüht, wie schon die alten Abschreiber und Grammatiker theils irrthümlich, theils absichtlich eine erhebliche Zahl von Anapaesten durch Corruptel beseitigt haben. Es würde mich hier zu weit führen, auf diese Abhandlung näher einzugehen. Vorläufig bemerke ich nur mit Rücksicht auf unsere Stelle, daß ich die von Hamacher in der Restitution des Anapaest aufgestellten Vermuthungen, obwol sie mitunter ansprechend erscheinen, im Allgemeinen doch nicht für evident genug halte, um das bisher als richtig angenommene Gesetz für den Anapaest des tragischen Trimeters umzustoßen. Lobeck ad Aj. p. 355 bemerkt Folgendes: προὔστη v. 1133 pro ἀντέστη, qua ratione Aeschylum Prom. 354 πᾶσιν ὃς προὔστη θεοῖς scripsisse suspicabar; sed praestat Dindorfii conjectura ἀνέστη. Mit Rücksicht auf das oben Bemerkte wäre jedoch gerade Lobek's προὔστη vorzuziehen.

Sollte aber nicht vielmehr das handschriftliche Compositum ἀντέστη eine irrthümliche Interpretation für ἔστη sein? Nach meiner Vermuthung ist zu lesen:

$$\text{Τυφῶνα θοῦρον, πᾶσιν ὃς γ' ἔστη θεοῖς}$$
$$\text{σμερδναῖσι γαμφηλαῖσι συρίζων φόνον.}$$

Zu συρίζειν θεοῖς φόνον, den Göttern Mord entgegen zischen, vergleiche man πνεῖν τινι Ἄρη, χάριν Agam. 1235, 1206 und συρίζειν βοσκήμασι ποιμνίτας ὑμεναίους Eur. Alc. 576. So also auch πνεῖν oder συρίζειν τινὶ φόνον.

Auch bei Sophocles findet sich der Tribrachys vor einer langen Silbe in andern Wörtern, als in Eigennamen noch sehr selten, im zweiten Fuß in ὀξεῖαν ἀκοήν El. 30, νιν ἀφυῇ Phil. 1014, τε ποταμοί Aias 862, φθίνουσα δ' ἀγέλαις O. R. 26, ἔπειτα δ' ἱκέτης O. C. 634, Πολύνεικες ἱκετεύω ib. 1414, ἀθάνατον ἀρετήν Phil. 1420, vor einer Positionslänge in πίμπλησι πεδίον (πᾶσαν) Ant. 419, μηδὲν ὑγιὲς (μηδ') Phil. 1006, κάθηκας ἄπολιν (καί) O. C. 1357, παῖδε κλύετον (τῶνδε) ib. 493, δὲ τὸν ἐμὸν (καί) Trach. 4, πιθόμενος (τῷ) Phil. 1226 und nur zweimal so, daß auf den Tribrachys im zweiten ein Dactylus im dritten Fuß folgt, in ὥσπερ ἔλαβες τὸν ἱκέτην O. C. 284 und οὗπερ ἔλαβον τάδε Phil. 1232. Vor einer langen Thesis des fünften Fußes habe ich den Tribrachys nur an einer sicheren Stelle gefunden, und zwar in einem Trimeter mit drei Auflösungen Phil. 932

$$\text{ἀπόδος, ἱκνοῦμαι σ', ἀπόδος, ἱκετεύω, τέκνον}$$

Mit Rücksicht darauf und um so mehr, als es einer Emendation gar nicht bedarf, muß ich Trach. 743 die handschriftliche Lesart

$$\text{τὸ γάρ}$$
$$\text{φανθὲν τίς ἂν δύναιτ' ἀγέννητον ποιεῖν;}$$

in Schutz nehmen gegen die von Hermann, Dindorf und Nauck in den Text gesetzte Vermuthung Porson's, wonach der Vers lauten soll

$$\text{φανθὲν τίς ἂν δύναιτ' ἂν ἀγένητον ποιεῖν}$$

Porson[17]) vermuthete das doppelte ἄν allein aus Suidas: τίς ἂν δύναιτ' ἂν ἀγέννητον ποιῆσαι, und mit Berufung auf Agathon fr. 5 p. 593 μόνον γὰρ αὐτοῦ καὶ θεὸς στερίσκεται ἀγένητα ποιεῖν ἅσσ' ἂν ᾖ πεπραγμένα las derselbe auch bei Sophocles ἀγένητον. Letzteres steht nun allerdings auch im Laur. A., es fehlt jedoch hier wiederum das zweite ἄν. Ueberdies ist die von Porson verglichene Stelle anderer Art; denn dort steht ἀγένητα gegenüber einem πεπραγμένα, während hier der Gegensatz zu φανθέν (an's Tageslicht kommen) gerade recht ausdrucksvoll durch ἀγέννητον bezeichnet wird.[18]) Uebrigens liegt es näher, aus Sophocles selbst zu vergleichen O. C. 973

$$\text{ἀλλ' ἀγέννητος τότ' ἦ ·}$$
$$\text{εἰ δ' αὖ φανεὶς δύστηνος ὡς ἐγὼ 'φάνην}$$
$$\text{εἰς χεῖρας ἦλθον πατρὶ καὶ κατέκτανον.}$$

---

17) Porson Misc. p. 219.

18) Nauck fühlt sich in Folge des ἀγένητον veranlaßt, das demselben allerdings angemessenere κρανθέν für φανθέν zu setzen. Das heißt jedoch in diesem Verse unnöthiger Weise eine doppelte Aenderung machen.

Hier steht φανείς in gleicher Bedeutung wie oben φανθέν, und ἀγέννητος an derselben Stelle des Trimeters und in gleichem Gegensatz wie oben ἀγέννητον. Zu erwähnen ist hier noch Ant. 1209:

$$\text{τῷ δ' ἀθλίας ἄσημα περιβαίνει βοῆς}$$
$$\text{ἕρποντι μᾶλλον ἆσσον.}$$

Περιβαίνει, die Lesart der Handschriften, hat Anstoß erregt sowol wegen der Verbindung mit dem Dativ, wofür sich indeß Aehnliches findet,[19]) als auch in metrischer Hinsicht; daher Wunder περιφέρει vermuthete, was jedoch eben so wenig Wahrscheinlichkeit hat, als das von Schäfer mit Bezug auf v. 1214 vorgeschlagene περισαίνει. Hermann bemerkt Folgendes: exspeces hic potius περιπιτνεῖ (περιπίτνει), nam περιβαίνει mihi quoque insolentius dictum videtur, quam ut non suspectum habeam, praesertim cum aliud quid scholiastam legisse credibile sit, qui scribat τὰ κακὰ σύμβολα τῆς βοῆς περιστοιχίζεται. Dagegen Ellendt Lex. Soph. II. p. 555: hoc περιστοιχίζεται ipsi περιβαίνει quamquam paulo quaesitius explicando constitutum arbitror. Auch Nauck und Dindorf haben die handschriftliche Lesart beibehalten, und es scheint dieselbe allerdings trotz des Catapaestes richtig zu sein, da sonst nichts Erhebliches dagegen einzuwenden ist. Vielleicht hat Sophocles περιβαίνει hier gerade absichtlich gewählt, um auszumalen, wie die dunklen Laute des Schmerzes den näher und näher kommenden Creon Schritt für Schritt begleiten.

Ich komme jetzt zu der Substitution des Tribrachys im fünften Fuß. Die vorletzte Arsis im Trimeter wird bekanntlich am seltensten aufgelöst, und bei den Tragikern nur, wenn eine kurze Silbe vorausgeht.[20]) Während nämlich im dritten, vierten und zweiten Fuß das Zusammentreffen zweier Kürzen unter den Ictus durch die vorhergehende Pause erleichtert wird, darf nach den rythmischen Gesetzen des Trimeters eine solche Pause vor der fünften Arsis nicht eintreten. Hermann praef. Hecub. p. XLIII bemerkt: Nimirum properante ad finem numero solutio longae syllabae hoc magis in tragico versu displiceat necesse est, quo aegrius exhaustis jam pulmonibus in fine versuum celeritas et vis numeri augetur. Derselbe a. a. O. p. XXXVIII läßt den Tribrachys im fünften Fuß bei Aeschylus nur an fünf, bei Sophocles nur an sieben Stellen stehen; einige andere Stellen, an welchen derselbe gleichfalls in den Handschriften gefunden wird, werden darauf für verdorben erklärt, und der Tribrachys wird durch Umstellung oder Aenderung, jedoch zum Theil mit Unrecht, beseitigt. Ich zähle bei Aeschylus acht, bei Sophocles eilf Tribrachen im fünften Fuß, und zwar zunächst entsprechend der gewöhnlichen Formation dieser Auflösung in den drei vorhergehenden Füßen, d. h. also so gebildet, daß die zweite und dritte Kürze ein längeres Wort beginnen, in folgenden fünf Trimetern, von welchen der letzte ein melischer ist:

Prom. 52. οὔκουν ἐπείξει τῷδε δεσμὰ περιβαλεῖν
Eum. 40. ὁρῶ δ' ἐπ' ὀμφαλῷ μὲν ἄνδρα θεομυσῆ

---

19) Vgl. Eurip. Supp. 609 und Schneidewin zu Soph. Ant. 1209.
20) Der Dactylus im fünften Fuß findet sich nur Iph. A. 1263 in μόσχον νεαγενῆ.

Phil. 1302. *οὐκ ἂν μεθείην. ΦΙ. φεῦ· τί μ᾽ ἄνδρα πολέμιον*
    1327. *Χρύσης πελασθεὶς φύλακος, ὃς τὸν ἀκαλυφῇ*
Eum. 780. (810). *ἐγὼ δ᾽ ἄτιμος ἁ τάλαινα βαρύκοτος.*

In drei Verſen finde ich in der aufgelöſten fünften Arſis ein zweiſilbiges Wort:

Pers. 501. *στρατὸς περᾷ κρυσταλλοπῆγα διὰ πόρον*
  El. 126. *κακᾷ τε χειρὶ πρόδοτον; ὡς ὁ τάδε πορών*
Suppl. 259. *ὑγρᾶς θαλάσσης· τῶνδε τἀπὶ τάδε κρατῶ.*

Den erſten dieſer Verſe hielt Porſon praef. Hecub. p. XIX für unrythmiſch, da der dritte und vierte Fuß ein Wort bilden, und wollte daher *στρατὸς περᾷ* an das Ende des Trimeters ſetzen. Dieſe Umſtellung iſt jedoch weder nothwendig,[21] noch dem Ausdruck der Stelle angemeſſen. Denn indem der Trimeter mit *στρατὸς περᾷ* beginnt und die Caesur hinter die zweite Arſis fällt, ſo daß man vier Arſen gegen zwei hört, wird gleichſam am Anfang des Verſes das Thema angegeben und dann im folgenden Theile erweitert und in einer Verdoppelung ausgeführt.

Der zweite der eben angeführten Verſe iſt ein meliſcher Trimeter, und es entſpricht dem *ὁ τάδε* in der Antiſtrophe v. 142 gleichfalls ein Tribrachys im fünften Fuß in dem Wort *οὐδεμία*. Im dritten Verſe iſt die Lesart zweifelhaft, es hat jedoch unter den verſchiedenen Lesarten der älteren Ausgaben das von Dindorf aufgenommene *τῶνδε τἀπὶ τάδε* (Canter, Stanl., Glasg.) am meiſten für ſich. *Τῶνδε κἀπὶ τὰ κρατῶ*, wie Hermann emendirt, um den Tribrachys zu beſeitigen, hat wenig Wahrſcheinlichkeit. Zwei einſilbige Wörter bilden die aufgelöſte Arſis des fünften Fußes in dem Verſe

O. R. 967. *κτανεῖν ἔμελλον πατέρα τὸν ἐμόν; ὁ δὲ θανών*

wo die ungewöhnliche Häufung der Auflöſungen die Erregtheit des Oedipus ausmalt und Hermanns Aenderung *ὃς θανών* weder nothwendig (vgl. *ὁ δέ* Sept. 547 in der aufgelöſten vierten Arſis) noch angemeſſen iſt.

Wenn Roßbach und Weſtphal griech. Metrik p. 188 bemerken, bei den Tragikern müſſe, wenn die vorletzte Arſis aufgelöſt wird, meiſt eine Caesur vor derſelben ſtattfinden, ſo iſt dies dahin zu vervollſtändigen, daß zwiſchen Euripides einerſeits und Aeſchylus und Sophocles andrerſeits hierin noch ein merkwürdiger Unterſchied beſteht. Bei Euripides nämlich ſind alle Fälle des Tribrachys im fünften Fuß ohne Ausnahme der Art, daß die erſte Kürze von den beiden folgenden getrennt iſt, und zwar faſt immer ſo, daß die beiden erſten Silben eines vierſilbigen Wortes, welches den Trimeter beſchließt, in die aufgelöſte fünfte Arſis fallen, wie z. B. wenn *πολέμιος, βασιλέα, διαγελᾷς* am Ende des Verſes ſteht.[22] Bei Aeſchylus und Sophocles dagegen ſind unter den neun-

---

21) Vgl. Hermann El. metr. p. 113.
22) Zur Vervollſtändigung des von Rumpel a. a. O. p. 411 Bemerkten füge ich hier hinzu, daß von den 46 Tribrachen, welche derſelbe im fünften Fuß bei Euripides zählt, achtzehn derartig ſind, daß in die aufgelöſte Arſis eine Präpoſition fällt, welche in der Zuſammenſetzung ſteht, am häufigſten *διά*, wie z. B. in *διάφοροι, ἀναμένει*; an einundzwanzig Stellen beſchließt ein anderes vierſilbiges Wort, wie *πολέμιον, Μενέλεως* den Trimeter; nur viermal bildet ein zweiſilbiges Wort die aufgelöſte Arſis, nämlich die Präpoſition *διά* vor dem von ihr abhängigen Caſus Bacch. 1260, Iph.

zehn Fällen des **Tribrachys** im fünften Fuß nur die neun eben angeführten so gebildet, daß die erste Kürze von den beiden folgenden getrennt ist, während in den übrigen Fällen, also zehnmal, alle drei Kürzen in einem und demselben Worte stehen, sei es, daß sie den Schluß eines längeren Wortes oder ein dreisilbiges Wort für sich ausmachen. In ersterem Falle finden wir hier dieselben oder ähnliche Wörter von dem Maße eines Paeon primus, wie in den drei vorhergehenden Füßen. Zur besseren Uebersicht über sämmtliche Tribrachen des fünften Fußes führe ich auch für diesen Fall die Trimeter vollständig an. Es sind folgende sieben:

Trach. 478. καϑηρέϑη πατρῷος Οἰχαλία δόρει

Eum. 797. ἀλλ᾽ ἐκ Διὸς γὰρ λαμπρὰ μαρτύρια παρῆν

El. 142. ἐν οἷς ἀνάλυσίς ἐστιν οὐδεμία κακῶν.

326. Χρυσόϑεμιν, ἔκ τε μητρὸς, ἐντάφια χεροῖν

Ant. 418. τυφὼς ἀείρας σκηπτὸν, οὐράνιον ἄχος

Eum. 480. τοιαῦτα μὲν τάδ᾽ ἐστίν· ἀμφότερα μένειν

Suppl. 388. νόμῳ, πόλεως φάσκοντες ἐγγύτατα γένους.

Ein dreisilbiges Wort bildet der **Tribrachys** im fünften Fuß nur in folgenden drei Versen:

Aias 459. ἔχϑει δὲ Τροία πᾶσα καὶ πεδία τάδε.

O. R. 1496. τί γὰρ κακῶν ἄπεστι; τὸν πατέρα πατήρ [23])

719. ἔρριψεν ἄλλων χερσὶν εἰς ἄβατον ὄρος.

Es läßt sich also sagen, daß im tragischen Trimeter bei Euripides nirgends, bei Aeschylus und Sophocles meistentheils nur dann die beiden letzten Silben eines drei- oder mehrsilbigen Wortes in die aufgelöste fünfte Arsis fallen, wenn das Zusammenfassen der beiden Kürzen unter den Ictus dadurch erleichtert wird, daß der weiche Vokal ι, mitunter auch die liquida ρ einem kurzen Vokal vorausgeht. Zwei Fälle, nämlich der mit ἐγγύτατα Suppl. 388 und der mit ἄβατον O. R. 719, machen davon eine Ausnahme; und es ist auch hier der Versuch gemacht worden, durch Umstellung den **Tribrachys** aus dem fünften Fuß zu beseitigen, jedoch mit Unrecht. Denn wenn sich auch in ἐγγύτατα und ἄβατον die Auflösung der Arsis weniger leicht und auffällig vollzieht, als in μαρτύρια oder ἀμφότερα und in πεδία oder πατέρα, so ist dieselbe doch keineswegs so störend, daß man hinreichenden Grund hätte, sie aus dieser Stelle des Trimeters in der Lesart der Handschriften zu entfernen. Ueberdies haben die zu diesem Zweck gemachten Umstellungen beide Verse nur verschlechtert. Nach **Hermann** praef. Hecub. p. XXXIX und **Seidler** de vers. dochm. p. 389 wäre Suppl. 388 zu lesen

νόμῳ πόλεως ἐγγύτατα φάσκοντες γένους.

A. 1415, δύο Iph. A. 1247 und χέρα Phoen. 1710. Anderer Art sind die drei noch übrig bleibenden Fälle:

Tro. 316. γύοισι τὸν ϑανόντα πατέρα πατρίδα τε

Suppl. 375. τί μοι πόλις κρανεῖ ποτ᾽; ἆρα φίλιά μοι

Iph. A. 844. ϑαύμαζ᾽· ἐμοὶ γὰρ ϑαύματ᾽ ἐστὶ τὰ παρὰ σοῦ.

23) Vgl. El. 1361. χαῖρ᾽, ὦ πάτερ· πατέρα γὰρ εἰςορᾶν δοκῶ.

Das heißt für einen leicht erträglichen Tribrachys des fünften Fußes einen geradezu
unerträglichen Dactylus in den dritten Fuß hineincorrigiren. Ein so gebildeter Dactylus
findet sich an dieser Stelle des Trimeters bei Aeschylus nirgends, bei Sophocles nur in
Εὐρύσακες Aias 340 und Νεοπτόλεμε Phil. 241, also nur zweimal in Eigennamen.
Außer diesen beiden Fällen ist im Dactylus des dritten Fußes die Länge stets von den
beiden Kürzen getrennt, so daß derselbe immer mindestens aus zwei Wörtern besteht.
Eben so wenig ist es zu billigen, wenn Dindorf der Vermuthung von Musgrave,
Hermann und Seidler folgend O. R. 719 die Aenderung

ἔρριψεν ἄλλων χερσὶν ἄβατον εἰς ὄρος

in den Text aufgenommen hat, wobei ganz übersehen ist, daß die ausdrucksvolle Bedeutung, welche ἄβατον hier haben soll, verloren geht, wenn die beiden ersten Silben dieses
Wortes aus der fünften Arsis in die vierte, also aus einer Hauptarsis in eine Neben-
arsis gerückt werden. Man hat zwar verglichen

Prom. 2. Σκύθην ἐς οἶμον, ἄβατον (Dind. ἄβροτον) εἰς ἐρημίαν

indessen unpassend; denn zu dem Sophocleischen ὄρος ist ἄβατον ein nothwendiges Epi-
theton, zu ἐρημίαν aber nicht, bei Sophocles ist das Arjectivum, bei Aeschylus das Substantivum besonders hervorzuheben. Wenn daher Hermann selbst zu O. R. 719 bemerkt: si servanda est librorum scriptura, servanda est propter rhetoricam ra-
tionem, quia hic pro una notione sunt verba ἄβατον ὄρος, non autem distinguitur
adjectivi notio ab ea, quae in substantivo est, ut in Aeschyli verbis ἄβατον εἰς
ἐρημίαν, so würde dieses Urtheil, bedingungslos ausgesprochen, das Richtige treffen. Die
rhetorische Rücksicht hat eben die Stellung εἰς ἄβατον ὄρος nothwendig gemacht.

Es bleibt nur noch die Besprechung zweier Stellen, an welchen man einen Tribrachys im fünften Fuß vermuthet und an der ersteren Stelle auch in den Text hinein-
corrigirt hat, ohne daß derselbe in der Lesart der Handschriften gefunden wird. O. R.
1505 und Pers. 782 lauten nach der handschriftlichen Ueberlieferung

ὀλώλαμεν δύ᾽ ὄντε, μή σφε παρίδῃς

Ξέρξης δ᾽ ἐμὸς παῖς ὢν νέος νέα φρονεῖ

Der erste Vers ist metrisch offenbar fehlerhaft, der andere wegen der Prosodie von νέα
jedenfalls sehr anstößig. Für die Sophocleische Stelle ist die Aenderung von Dawes

ὀλώλαμεν δύ᾽ ὄντε μή σφε περιίδῃς

in allen späteren Texten beibehalten, jedoch nur mit großem Bedenken und weil man
eben nichts Besseres hatte. Die anstößige Prosodie des Aeschyleischen νέα würde Dindorf's Umstellung φρονεῖ νέα beseitigen. Meineke jedoch (unter Zustimmung von
G. Hermann und Heimsoeth) will emendiren [24]

Ξέρξης δ᾽ ἐμὸς παῖς ἐνεὸς ὢν ἐνεὰ φρονεῖ

---

24) Vgl. Teuffel Kritische Bemerkungen zu seiner Ausgabe der Perser. Lpz. 1866. p. 83.

Die Vermuthung, daß in den beiden Versen ein Tribrachys des fünften Fußes durch Corruptel beseitigt ist, liegt allerdings nahe. Die von Dawes und Meineke aufgestellten Emendationen entbehren jedoch aus Gründen, die ich noch anführen werde, zu sehr der Wahrscheinlichkeit. Warum auch die Herstellung der ausgefallenen Silbe so weit herholen, während sie doch so nahe liegt, und zwar ohne daß im Uebrigen irgend ein Buchstabe der handschriftlichen Lesart verändert wird? Nach meiner Meinung sind die beiden Trimeter so herzustellen:

$$\text{ὀλώλαμεν δύ' ὄντε, μή σφε σὺ παρίδῃς}$$
$$\text{Ξέρξης δ' ἐμὸς παῖς ὢν νέος νεαρὰ φρονεῖ}$$

Ohne den Sinn der Verse erheblich zu verändern, konnten die Abschreiber im ersten σύ, im zweiten die Silbe ϱα, sei es mit Absicht oder aus Nachlässigkeit, weglassen. Daß aber ferner die von mir vorgeschlagenen Emendationen nicht nur in metrischer Hinsicht Wahrscheinlichkeit haben, sondern auch dem Sinn und Ausdruck beider Stellen vollständig entsprechend und angemessener sind, als die bisher versuchten Aenderungen, will ich im Folgenden darzulegen suchen. Was zunächst die Sophocleische Stelle betrifft, so ist das von mir vermuthete σύ neben παρίδῃς nicht etwa ein Pronomen abundans, sondern wird, wenn man den Zusammenhang mit dem Vorhergehenden beachtet, geradezu verlangt. Die von Oedipus seiner Kinder wegen an Creon gerichtete Bitte lautet nämlich von v. 1503 ab:

$$\text{ὦ παῖ Μενοικέως, ἀλλ' ἐπεὶ μόνος πατὴρ}$$
$$\text{ταύταιν λέλειψαι, νὼ γὰρ ὢ 'φυτεύσαμεν.}$$
$$\text{ὀλώλαμεν δύ' ὄντε, μή σφε σὺ παρίδῃς}$$
$$\text{πτωχὰς ἀνάνδρους ἐγγενεῖς ἀλωμένας}$$

Der Gegensatz zu dem vorhergehenden νὼ ꝛc., so wie die ungewöhnlich lange zwischen der ersten Anrede und der Bitte selbst eingeschalteten Parenthese und Unterbrechung erfordert die Wiederaufnahme und ausdrückliche Bezeichnung der angeredeten Person. So heißt es in einer der unsrigen sprechend ähnlich gebildeten Stelle O. C. 1405 sq. ὦ τοῦδ' ὅμαιμοι παῖδες, ἀλλ' ὑμεῖς, ἐπεὶ τὰ σκληρὰ πατρὸς κλύετε τοῦδ' ἀρωμένου, μή τοί με πρὸς θεῶν σφώ γ' — ἀτιμάσητε, wo σφώ γ' das vorhergehende ὑμεῖς wieder aufnimmt. Das Pronomen σύ ist aber an unserer Stelle um so mehr an seinem Platz, als es die erste Silbe in der aufgelösten Arsis bildet, wo es sich auch anderswo bei Sophocles und gerade dann findet, wenn, wie hier, es darauf ankommt, die leidenschaftliche und erregte Bitte treffend darzustellen. So steht in derselben Tragödie v. 637 σύ τ' οἴκους, σύ τε Κρέων und Phil. 500 σὺ σῶσον, σύ μ' ἐλέησον, wo σύ ganz ebenso in die erste Silbe der aufgelösten Arsis fällt, nur daß hier eine Länge vorausgeht. Daß es im Tribrachys eben dieselbe Stellung einnehmen kann, ist selbstverständlich. So hatten wir oben σέ in ἔξοιδα, σὲ μέν O. C. 985. Daß endlich die Bildung des Tribrachys in drei Wörtern auch im fünften Fuß des tragischen Trimeters zulässig ist, dafür habe ich oben O. R. 967 und aus Euripides Iph. A. 844 angeführt. An letzterer Stelle endigt der Vers mit ἐστὶ τὰ παρὰ σοῦ, bei Sophocles nach meiner Vermuthung mit μή σφε σὺ παρίδῃς. Vergleichen wir Beides, so entspricht das τά bei Euripides in seiner Stellung im Trimeter unsrem σύ, und es folgt gleichfalls darauf die Präposition παρά, nur daß sie dort vor ihrem Casus, hier in der Composition steht, was in metrischer Hinsicht keinen Unterschied macht. Man hat also, indem man übersah, daß zwischen σφε und παρίδῃς das Pronomen σύ nicht fehlen darf, mit Unrecht in παρίδῃς, was alle Handschriften, auch der Laur. A., überliefert haben, eine Verderbung gesehen und dafür das von Dawes herrührende περίδῃς aufgenommen, was für einen Trimeter des Aristophanes ohne Bedenken, für einen tragischen jedoch wegen des Hiatus in περί mehr als anstößig ist, wie namentlich schon Porson und Erfurdt[25]) bemerkt haben. Auch Nauck (Anhang zu O. R. v. 1505) hält περίδῃς, obgleich er es stehen läßt, für eine höchst bedenkliche Aenderung. Noch weniger Wahrscheinlichkeit hätte aber das von Porson vorgeschlagene μὴ παρά σφ᾽ ἴδῃς und das der handschriftlichen Lesart viel zu fern liegende von Erfurdt vermuthete μή σφ᾽ ἀτιμάσῃς. Daß ferner περιδεῖν (περιορᾶν) im tragischen Trimeter nirgends gefunden wird, hat in dem Hiatus seinen leicht erklärlichen Grund; daß aber auch παριδεῖν (παρορᾶν), wie man bemerkt hat, außer dieser einen Sophocleischen Stelle bei den Tragikern nirgends vorkommt, darf jedenfalls kein Grund sein, die handschriftliche Lesart zu verwerfen, wenn sie sich durch den Zusatz einer vorher ausgefallenen, den Abschreibern leicht, dem Zusammenhang und lebhaften Ausdruck der Stelle jedoch schwer entbehrlichen Silbe halten läßt. Und wie wäre es, wenn der Komiker Alexis, als er in seiner Μανδραγοριζομένη (bei Athenaeus ed. Dindorf III, 123, e) schrieb:

$$Εἶτ᾽ οὐ περίεργόν ἐστιν ἄνθρωπος φυτόν$$
$$ὑπεναντιωπάτοις τε πλείστοις χρώμενον;$$
$$ἐρῶμεν ἀλλοτρίων, παρορῶμεν συγγενεῖς,$$

im letzten Verse unsere Sophocleische oder irgend eine andere verloren gegangene Stelle der Tragiker, wo das Verbum παρορᾶν in Verbindung mit ἐγγενεῖς oder συγγενεῖς stand, vor Augen gehabt hätte? Daß die Dichter der mittleren Komödie den dichterischen und besonders den erhabenen Ausdruck mehr als gern parodirten, ist bekannt, und zwar nicht blos in Anspielungen auf klassische Verse, sondern auch in scherzhafter, an Travestie grenzender Benutzung der poetischen Phraseologie. Was übrigens die handschriftliche Lesart ἐγγενεῖς betrifft, so hat man statt dessen unnöthiger Weise, indem man einen dem ἀνάνδρους und ἀλωμένας verwandten Begriff erwartete, neue Worte gebildet. Hermann vermuthete ἐκστεγεῖς, bei Dindorf liest man ἐκγενεῖς, beides neue Wörter, die sonst nirgends vorkommen. Die Stellung des ἐγγενεῖς ist hier, wie Schneidewin richtig bemerkt, vom Dichter gerade absichtlich gewählt, um Creon's Erbarmen noch mehr zu erregen, und wird auch bestätigt durch Eurip. Heracl. 224: σοὶ γὰρ τόδ᾽ αἰσχρόν, ἱκέτας, ἀλήτας συγγενεῖς ἕλκεσθαι βίᾳ. Nun ist allerdings bei Sophocles die Construction da-

---

25) Erfurdt ad O. R. 1505: Recte monuit Porsonus ad Eur. Med. 284. tragicos nunquam in senarios, trochaicos aut anapaestos legitimos περί admittere ante vocalem, sive in eadem sive in diversis vocibus, imo ne in melica quidem verbum vel substantivum hujusmodi compositionis intrare sinere, raro admodum adjectivum vel adverbium. Vgl. Krüger Di. 11, 3, 3.

burd), baß der Acc. σφέ vorangeht, weniger eben und einfach; und es hätte wol auch
Niemand an ἐγγενεῖς Anstoß genommen, wenn das σφέ vorher nicht ftände. Man vergeffe jedoch nicht den Dichter und vergeffe ihn namentlich da nicht, wo die Wahl der
Worte nicht unabhängig ift von der Macht der Leidenschaft, welche die Situation der
handelnden Perfonen mit fich bringt. Mit σφέ bezeichnet Oedipus einfach das Object
zu παρίδης; wenn er im folgenden Verfe nachträglich noch als Appofition dazu ἐγγενεῖς
(fie, die deine Geschlechtsverwandten find) folgen läßt, fo ift dies der leidenfchaftlich er-
regten und zugleich erhabenen Stimmung des Vaters vollftändig angemeffen.

Die von Meineke zu der zweiten hier noch zu befprechenden Stelle für das
handfchriftliche ὦν νέος (Med. νέος ἐὼν) νέα φρονεῖ vorgefchlagene Emendation ἐνεὸς ὢν
ἐνεὰ φρονεῖ halte ich nicht für annehmbar. Es findet fich ἐνεός allerdings Ps. Plat.
Alcib. II. p. 140 C. neben μεγαλόψυχος, εὐήθης, ἄκακος, ἄπειρος auch als εὐφημότατον ὄνομα derjenigen genannt, welche ἀφροσύνης μέρος ἔχουσι, jedoch mit·dem felbftver-
ftändlichen Zufaß εὑρήσεις δὲ καὶ ἕτερα πολλὰ ὀνόματα. πάντα δὲ ταῦτα ἀφροσύνη ἐστί,
διαφέρει δὲ ὥσπερ τέχνη τέχνης καὶ νόσος νόσου. Es darf alfo natürlicher Weife ἐνεός
eben fo wenig wie εὐήθης oder ἄπειρος jede beliebige Art der ἀφροσύνη bezeichnen, fon-
dern offenbar nur dann in diefer Uebertragung gebraucht werden, wenn feine eigentliche
Bedeutung darüber nicht ganz verloren geht. Wie alfo gutmüthige Einfalt mit εὐήθης
oder ἄκακος, fo konnte ftumpffinnige Dummheit in befchönigender Weife mit ἐνεός bezeichnet werden, und zwar in derfelben Art, wie κωφός in dem Sinne von unempfindlich,
ftumpf an Geift, dumm mitunter gebraucht wurde, wie z. B. Soph. Ai. 894 ὁ πάντα
κωφός, ὁ πάντ᾽ ἴδρις, Aristoph. Ach. 651, wo komifch von alten Leuten, die nicht
viel mehr fprechen können und zu Gefchäften untüchtig find, gefagt wird οὐδὲν·ὄντας
ἀλλὰ κωφοὺς καὶ παρεξηυλημένους und Plat. Tim. 75, e, wo κωφὴν καὶ ἀναίσθητον,
88, b, wo τὸ τῆς ψυχῆς κωφὸν καὶ δυσμαθές verbunden wird. Demgemäß wird auch
ἐνεός B. A. 251 erflärt mit ὁ διὰ μωρίαν λήθαργος καὶ ἀμνήμων. Vollftändig ver-
geffen müßte man aber die eigentliche Bedeutung diefes Wortes, wenn es hier im Munde
des Darius bezeichnen follte die Thorheit des ungeftümen, eitlen Hoffnungen vertrauenden
und gottlofen (vgl. v. 718, 749, 754, 804) Aefchyleifchen Xerxes, von dem Darius
felbft nur kurz vorher v. 744 gefagt hat παῖς δ᾽ ἐμὸς τάδ᾽ οὐ κατειδὼς ἤνυσεν νέῳ
θράσει, der alfo von einem ἐνεός gar nichts an fich hat; es würde vielmehr eine folche
Bezeichnung mit der jugendlichen Verwegenheit und maßlofen Ueberhebung deffelben geradezu im Widerfpruch ftehen. Und abgefehen davon wäre es doch feltfam, wenn Darius
hier die Thorheit feines Sohnes, ftatt diefelbe beim rechten Namen zu nennen, mit einem
εὐφημότατον ὄνομα befchönigen wollte, während er doch fonft mit unverholenen Worten
den Unverftand deffelben kennzeichnet. Es hätte alfo Xerxes nach Plato a. a. O., in-
fofern er zu denjenigen gehört, welche πλεῖστον ἀφροσύνης μέρος ἔχουσι, wol ein μαινό-
μενος, aber nicht ein ἐνεός genannt werden können, wenn es überhaupt die Abficht des
Dichters gewefen wäre, dem Darius hier ein derartiges Beiwort für feinen Sohn in
den Mund zu legen. Ganz entfprechend der Bezeichnung θούριος und κεναῖσιν ἐλπίσιν
πεπεισμένος, fo wie namentlich dem ihm kurz vorher beigelegten νέον θράσος erfcheint

Xerxes im Munde seines Vaters vielmehr auch hier als der jugendlich leichtsinnige Sohn, der, wie es im folgenden Verse heißt, *οὐ μνημονεύει τὰς ἐμὰς ἐπιστολάς.* Was nun das von Erfurdt zu Soph. Ai. 1099 vorgeschlagene und von Dindorf aufgenommene *ὧν νέος φρονεῖ νέα* betrifft, so wäre damit zwar die anstößige Prosodie von *νέα* beseitigt, der Ausdruck der Worte aber eben in Folge der Umstellung zu matt und einförmig, während derselbe in dem handschriftlichen *ὧν νέος νέα φρονεῖ* gerade darin seine Bedeutung hat, daß die beiden gleichen und in dieser ihrer Beziehung auf einander hervorzuhebenden Begriffe zusammengestellt sind.[26] Nichts bietet sich aber leichter, als mit Erhaltung dieser Stellung und nur durch Hinzufügung einer Silbe, welche leicht verloren gehen konnte, den Trimeter sowol in metrischer als auch in anderer Hinsicht vollkommen angemessen herzustellen, wenn wir lesen *ὧν νέος νεαρὰ φρονεῖ,* wo die schnellere Bewegung, welche mit der Auflösung eintritt, für die Bedeutung des *νεαρὰ φρονεῖ* juveniliter sentit recht eigentlich an ihrem Orte ist und die Bildung des Tribrachys, insofern derselbe im fünften Fuß und in einem Worte beschlossen steht, gerade eben so wie in dem oben erwähnten *πατέρα πατήρ* O. R. 1496 (*πάτερ· πατέρα* El. 1361 im dritten Fuß) nicht nnr in der beabsichtigten Stellung der in ihrer Beziehung auf einander hervorzuhebenden Begriffe, sondern auch darin seine Entschuldigung hat, daß zwischen die beiden in die Arsis fallenden Kürzen die liquida *ρ* zu stehen kommt. Was aber den Gebrauch und die Bedeutung des *νεαρά* neben *νέος* anbetrifft, so führe ich für meine Vermuthung namentlich noch an Aristot. Eth. Nic. A, 1 ed. Bekker, wo mit Bezug darauf, daß der Jüngling genannt ist ein *ἄπειρος τῶν κατὰ τὸν βίον πράξεων, ἔτι δὲ τοῖς πάθεσιν ἀκολουθητικός,* im Folgenden gesagt wird *διαφέρει δ' οὐθὲν νέος τὴν ἡλικίαν ἢ τὸ ἦθος νεαρός.*

So viel über den Tribrachys im fünften Fuß. Ich gebe nun noch folgende Uebersicht über die Anwendung dieser Substitution in Eigennamen. In einem dreisilbigen nomen proprium beschlossen, wie z. B. in *Ἕλενος, Ἔπαφος* findet sich der Tribrachys nur am Anfang des Trimeters; in längeren Eigennamen ist er mit wenigen Ausnahmen regelmäßig so angewendet, daß die beiden ersten Silben derselben, wie z. B. von *Πελοπιδῶν, Μενέλεω* oder von *Ἀγαμέμνων, Πολυνείκης* und den andern oben angeführten anapästisch anlautenden, in die aufgelöste Arsis fallen, und zwar stets in die vierte Arsis des Trimeters, nur einmal in die dritte, in *Ἀριόμαρδος* Pers. 321. Aus den drei ersten Silben besteht er nur in *Ἐτεοκλέης* Sept. 6, *Ἐτεόκλεες* ib. 39, *Ἐτεοκλέα* ib. 1007, Ant. 24, 194 im ersten, in *Ἐτεοκλῆς* O. C. 1295 im zweiten und in *Ἐτέοκλος* ib. 1316 im dritten Fuß; aus den drei letzten ist er gebildet in *Οἰχαλίαν* Trach. 354, *Εὐμενίδας* O. C. 42, 486, *Νεοπτόλεμε* Phil. 4 im vierten und in *Οἰχαλία* Trach. 478 im fünften Fuß. Im Allgemeinen beschränkt sich also bei Aeschylus und Sophocles die Anwendung des Tribrachys in denjenigen Eigennamen, welche mehr als drei Silben enthalten, auf den vierten Fuß des Trimeters. Für die dreisilbigen nomina propria

---

26) Vgl. Prom. 310 *τρόπους νέους· νέος γὰρ καὶ τύραννος,* ib. 957 *νέον νέοι κρατεῖτε.*

von der natürlichen Prosodie eines Anapaest ist zu bemerken, daß in *Μαραθών* Pers. 475, *Μερόπη* O. R. 775, *Τελαμών* Aias 1008 die beiden Kürzen die aufgelöste Arsis des zweiten Fußes und mit der ihnen vorhergehenden Silbe einen Tribrachys bilden, falls man nicht nach Trochaeen rechnen und hier, so wie auch bei den längeren anapästisch anlautenden Eigennamen im vierten Fuß sagen will, daß an der geraden Stelle ein **Catapaest** eingetreten sei.

Die Substitution des Dactylus oder, wie oben bemerkt ist, genau genommen die eines modificirten Antidactylus ist mit wenigeu Ausnahmen, in welchen sie den Trimeter beginnt, auf den dritten Fuß desselben beschränkt; daher es denn auch nicht auffallen kann, daß die Auflösung der dritten Arsis bei weitem häufiger nach einer Länge, als nach einer Kürze eintritt, so daß im dritten Fuß auf einen Tribrachys bei Aeschylus drei, bei Sophocles vier Dactylen kommen, während in ihrer allgemeinen Anwendung beide Substitutionen, was ihre Zahl anbetrifft, einander gleich stehen und nur in der Antigone und Electra, wie bereits oben erwähnt ist, der Dactylus hinter dem Tribrachys erheblich zurückbleibt. Das Zahlenverhältniß der Dactylen unter einander, nach ihrer Anwendung im ersten und dritten Fuß gesondert, ist in den einzelnen Stücken folgendes:

Stücke des Aeschylus.	Dactylus			Stücke des Sophocles.	Dactylus		
	I.	III.			I.	III.	
Eumeniden	—	14	14	Antigone	1	8	9
Choephoren	2	16	18	Electra	2	14	16
Prometheus	1	18	19	Oedipus Col. . . .	2	29	31
Persae	—	19	19	Aias	3	29	32
Agamemnon . . .	2	21	23	Trachinierinnen . .	1	32	33
Supplices	—	25	25	Oedipus rex . . .	2	35	37
Septem	2	31	33	Philoctet	10	45	55
	7	144	151		21	192	213

Am Anfang des Trimeters tritt also die Substitution des Dactylus nur sehr selten ein, und in dem Verhältniß der einzelnen Tragödien zu einander macht eine Ausnahme nur der Philoctet, auf den allein die Hälfte aller Fälle bei Sophocles kommt. Was die Bildung des Dactylus im ersten Fuße betrifft, so finden wir denselben in einem dreisilbigen Wort beschlossen oder ein längeres Wort beginnend meistens in Eigennamen; es sind folgende: Ἥλιος Cho. 986, Ἥλιε Aias 846, Εὐρύσακες ib. 575, Χρυσόθεμις El. 325, Ἀρτέμιδος Sept. 450, Ἀρχίλοχος Phil. 425, Κιμμερικόν Prom. 730; außerdem bei Sophocles in μήποτε O. C. 1634, οὐδέποτε Phil. 999, οὐδένοτ' ib. 1392 und ξυλλάβετον ib. 1003, bei Aeschylus nur in ἀστέρας Agam. 7, jedoch in einem wahrscheinlich unechten, von Dindorf eingeklammerten Trimeter. [27]) Wenn in der Auflösung

---

27) Vgl. Valck. ad Eur. Phoen. 506: Coelum stelliferum Aeschylus etiam αἰθέρα

der ersten Arsis die beiden letzten Silben eines Dactylus den Anfang eines längeren Wortes oder ein zweisilbiges Wort für sich bilden, so gilt die von Rumpel a. a. O. für Euripides gemachte Bemerkung, daß in diesem Falle als erste Silbe gern volltönende Vokale oder Diphthonge enthaltende Wörter gebraucht wurden, für Aeschylus ohne, für Sophocles fast ohne Ausnahme, so namentlich in der Anrede mit $\tilde{\omega}$ an folgenden Stellen: $\tilde{\omega}$ $\Pi\acute{o}\lambda v\beta\epsilon$ O. R. 1394, $\tilde{\omega}$ $\Theta\acute{a}\nu\alpha\tau\epsilon$ Aias 854. Phil. 797, $\tilde{\omega}$ $\lambda\iota\mu\acute{\epsilon}\nu\epsilon\varsigma$ ib. 936, $\tilde{\omega}$ $\vartheta\epsilon o\mu\alpha\nu\acute{\epsilon}\varsigma$ Sept. 653, $\tilde{\omega}$ $\mu\iota\alpha\varrho\acute{o}\nu$ Ant. 746; ferner in $o\tilde{v}$ $\Sigma\acute{v}\varrho\iota o\nu$ Agam. 1271, $o\dot{v}\delta'$ $\check{o}\nu o\mu\alpha$ Trach. 918, $o\dot{v}\delta'$ $\check{o}\sigma\iota o\nu$ El. 433, $\mu\acute{\eta}\tau'$ $\check{\alpha}\varrho o\tau o\nu$ O. R. 972, $\nu\tilde{v}\nu$ τ' $\dot{\alpha}\nu\alpha\varkappa\alpha\lambda o\tilde{v}\mu\alpha\iota$ O. C. 1376, und so, daß die beiden Kürzen ein Wort für sich bilden, in $\varkappa\alpha\grave{\iota}$ $\tau\acute{\iota}\nu\alpha$ Cho. 216, $\tilde{\omega}$ $\xi\acute{\epsilon}\nu\epsilon$ Phil. 791 und $o\dot{v}\delta'$ $\check{o}\nu o\mu'$ ib. 251. Nur zweimal, und zwar im Philoctet, beginnt der Dactylus im ersten Fuß mit einer Positionslänge, nämlich in $\delta\varsigma$ $\pi\alpha\tau\acute{\epsilon}\varrho\alpha$ Phil. 665, was jedoch in der malerischen Anapher des in demselben Trimeter sich dreimal wiederholenden $\delta\varsigma$ seine Veranlassung und Entschuldigung hat, und in ähnlicher Weise in $\dot{\alpha}\lambda\lambda'$ $\dot{\alpha}\pi\acute{o}\delta o\varsigma$. $\dot{\alpha}\lambda\lambda\acute{\alpha}$ ib. 950, wo die von Hermann wegen des in einigen Handschriften fehlenden $\dot{\alpha}\lambda\lambda'$ in den Text gesetzte Aenderung $\dot{\alpha}\pi\acute{o}\delta o\varsigma$, $\delta\acute{o}\varsigma$. $\dot{\alpha}\lambda\lambda\acute{\alpha}$ weniger Wahrscheinlichkeit hat. Daß die beiden ersten Silben einem Worte angehören und erst mit der dritten Silbe des zweite Wort beginnt, kommt bei Aeschylus und Sophocles in der Bildung des Dactylus eben so wenig als in der des Tribrachys im Trimeter irgend wo vor. Auch bei Euripides findet sich nach Rumpel a. a. O. für diesen Fall nur $\delta\psi\acute{\epsilon}$ $\gamma\epsilon$ Or. 99 und $o\dot{v}\delta\grave{\epsilon}$ $\pi\acute{\alpha}\vartheta o\varsigma$ ib. 2.

Für die Bildung des Dactylus im dritten Fuß sind dieselben Regeln, wie für die des Tribrachys in der Mitte des Trimeters, und zwar insofern strenger beobachtet, als der Dactylus hier in einem Worte bei Aeschylus gar nicht, bei Sophocles nur in $E\dot{v}\varrho\acute{v}\sigma\alpha\varkappa\epsilon\varsigma$ Aias 341 und $N\epsilon o\pi\tau\acute{o}\lambda\epsilon\mu\epsilon$ Phil. 241, also nur zweimal am Anfang eines längeren Eigennamens gefunden wird, nirgends aber in einem dreisilbigen Wort beschlossen oder so gebildet, daß er ein längeres Wort beendigt. In die aufgelöste Arsis fällt eben so wie beim Tribrachys in der Regel der Anfang eines drei- oder mehrsilbigen Wortes, wie z. B. in $\check{o}\chi\vartheta\alpha\iota\varsigma$ $\pi o\tau\alpha\mu\acute{\iota}\alpha\iota\varsigma$ Sept. 392. $\gamma\grave{\alpha}\varrho$ $\sigma\varphi\acute{\alpha}\gamma\iota\alpha$ ib. 379, $\varphi\upsilon\lambda\acute{\alpha}\xi\epsilon\iota$ σ' $\check{o}\nu o\mu\alpha$ O. C. 667, zuweilen aber auch, wie z. B. in $\check{\eta}\delta\eta$ $\delta\iota\acute{\alpha}$ ein zweisilbiges Wort, und zwar auch hier meistentheils eine Präposition, und namentlich ebenfalls $\delta\iota\acute{\alpha}$. So steht bei vorausgehender langer Thesis $\delta\iota\acute{\alpha}$ Suppl. 193. 475, Sept. 433. 513, Aias 801, Phil. 1013. 1232, O. R. 773, O. C. 1129, Trach. 595. 1131, $\pi\epsilon\varrho\acute{\iota}$ Suppl. 762, $\dot{\alpha}\pi\acute{o}$ El. 433. Phil. 817, $\varkappa\alpha\tau\acute{\alpha}$ Suppl. 241, $\pi\alpha\varrho\acute{\alpha}$ Eum. 229; außerdem $\tau\acute{\iota}\nu\iota$ Pers. 793. O. R. 10, $\tau\acute{\iota}\nu\alpha$ Pers. 682, Eum. 892, El. 1474, $\delta\acute{v}o$ Pers. 181, Phil. 117. $\dot{\epsilon}\mu\acute{\epsilon}$ ib. 1026, $\tau\acute{\alpha}\delta\epsilon$ Ant. 1279, $\chi\varrho\acute{o}\nu o\nu$ Aias 343 und $\mu\acute{o}\varrho o\nu$ Cho. 444 in einem melischen Trimeter, ferner mit der Elision des kurzen α der zweiten und dritten Declination $\pi\alpha\tau\acute{\epsilon}\varrho'$ Cho. 481, $\sigma\varkappa\acute{v}\lambda\alpha\varkappa'$ Trach. 1098, $\varphi\acute{v}\lambda\alpha\varkappa'$ ib.

---

dixit Agam. v. 6 $\lambda\alpha\mu\pi\varrho o\grave{v}\varsigma$ $\delta\upsilon\nu\acute{\alpha}\sigma\tau\alpha\varsigma$ $\dot{\epsilon}\mu\pi\varrho\acute{\epsilon}\pi o\nu\tau\alpha\varsigma$ $\alpha\dot{\iota}\vartheta\acute{\epsilon}\varrho\iota\cdot$ adscripserat quis ad hunc versum $\dot{\alpha}\sigma\tau\acute{\epsilon}\varrho\alpha\varsigma\cdot$ hinc, ut suspicor, orsus ineptum nescio quis nobis senarium tornavit, $\dot{\alpha}\sigma\tau\acute{\epsilon}\varrho\alpha\varsigma$, $\check{o}\tau\alpha\nu$ $\varphi\vartheta\acute{\iota}\nu\omega\sigma\iota\nu$, $\dot{\alpha}\nu\tau o\lambda\acute{\alpha}\varsigma$ $\tau\epsilon$ $\tau\tilde{\omega}\nu\cdot$ qui prioribus proxime subjectus nunc in editis legitur tanquam Aeschyli.

1100, φυγάδ' Suppl. 214, ὄνομ' Eum. 8, μέλαν' ib. 183, ὀλίγ' Pers. 330 und πεδί' Phil. 1332, also theils dieselben, theils ähnliche Wörter wie beim Tribrachys. In dem Fall, daß die zweite Silbe ein Wort für sich bildet und erst die dritte ein zwei- oder mehr-silbiges Wort anfängt, steht auch in der Mitte des Dactylus meistentheils eine Form des Artic. praepos., wie z. B. in ἀρήξω τὸν ἱκέτην. So folgt auf eine lange Thesis τὸν ἱκέτην Eum. 232. Phil. 930. O. C, 44. 284. 487. 1008, τὸν ἀσεβῆ O. R. 1382. 1441, τὸν ὑμέναιον ib. 422, τὸν ἐμόν Sept. 1029. Agam. 1584 und τὸ κακόν Phil. 767. Eine Präposition in der Mitte findet sich in ἄμειβου πρὸς ἔπος Eum. 586, durch die malerische Wiederholung des ἔπος in demselben Trimeter entschuldigt, in αἰὲν δι' Ἀχέροντ' Sept. 856 in einem melischen Trimeter und in ἐνεγκοῦ δι' ὁσίων O. C. 470. Bei Sopho-cles bildet mitunter auch τί oder τίς die mittlere Silbe des Dactylus, und namentlich wenn die zweite in die aufgelöste Arsis fallende Kürze gleichfalls ein einsilbiges Wort ist, wie z. B. in Αἴας, τί ποτε oder im letzteren Fall in παῖ; τί με. So findet sich nach einer Länge τί ποτε Aias 485. Trach. 412, τίς ἀνέμων Phil. 237, τί με ib. 578. 1348, τί δέ O. C. 1308, τί τόν Phil. 814, τίς ὁ O. R. 99; außerdem σύ τε O. R. 637, τὰ δέ El. 1291. Trach. 292. Bei Aeschylus habe ich dafür, daß die beiden Kürzen des Dacty-lus jede ein Wort für sich bilden, nur das eine Beispiel τῇ μῇ τὸ σόν Eum. 446 gefunden. Aus vier Wörtern, ein elidirtes δέ oder με mitgerechnet, besteht der Dactylus bei Aeschylus in ἔπαισας. σὺ δ' ἔθανες Sept. 961, bei Sophocles in Κόρινθον· τὸ δ' ἔπος O. R. 936, Κιθαιρών, τί μ' ἐδέχου; ib. 1391, σῶσον, σύ μ' ἐλέησον Phil. 500. Was die Beschaffen-heit der ersten Silbe anbetrifft, so ist dieselbe bei den Dactylen des dritten Fußes in der Regel von Natur lang und nur beim fünften Theil derselben eine Positionslänge, und zwar meistentheils bei der Folge von ν oder σ und π.

Die Substitution des Anapaest, zu deren Besprechung ich jetzt übergehe, findet sich, wie bereits oben erwähnt ist, bei Aeschylus und Sophocles noch so selten, daß erst auf etwa 90 Trimeter ein Anapaest kommt. Die Anzahl der Anapaeste in den ein-zelnen Stücken und Versfüßen ergiebt sich aus folgender Uebersicht, in der diejenigen, welche nicht in einem Eigennamen stehen, eingeklammert sind.

Stücke des Aeschylus.	Anapaest		
	I.	V.	
Supplices	2 + (1)	—	3
Choephoren . . .	3 + (1)	—	4
Eumeniden. . . .	1 + (3)	—	4
Perser	4 + (2)	—	6
Septem	5 + (2)	1	8
Agamemnon . . .	5 + (7)	—	12
Prometheus. . . .	1 + (12)	—	13
	21 + (28)	1	50

Stücke des Sophocles.	Anapaest			
	I.	III	IV	V.
Antigone	—	—	—	4	4
Electra	6 + (2)	—	—	—	8
Aias	6 + (2)	1	—	—	9
Trachinierinnen. .	5 + (4)	—	—	—	9
Oedipus rex . . .	1 + (7)	—	1	—	9
Oedipus Col. . . .	4 + (4)	2	3	2	15
Philoctet	3 + (16)	1	—	...	20
	25 + (35)	4	4	6	74

Es kommt also bei Aeschylus fast die Hälfte, bei Sophocles noch mehr als die Hälfte aller Anapaeste auf Eigennamen. Andere Wörter sind anapästisch nur im ersten Fuß gebraucht, und zwar im Verhältniß zu den übrigen Tragödien in besonders überwiegender Zahl im Prometheus und Philoctet, dagegen nirgends in der Antigone. Wenn Aeschylus und Sophocles den Anapaest in einem nomen proprium auch an einer der vier folgenden Stellen angewendet haben, ersterer nur einmal, letzterer vierzehnmal, so ist dies mit Ausnahme des anapästisch anlautenden Μενέλαε Phil. 794 (im dritten Fuß) nur in solchen Namen geschehen, welche ihrer natürlichen Prosodie nach einen Choriambus bilden oder damit beginnen. Es sind folgende: Ἀντιγόνη Ant. 11. O. C. 1. 311. 507. 1415, Τειρεσία O. R. 300. Ant. 991. 1095, Ἀμφιάρεω Sept. 569, Ἀμφιάρεως O. C. 1313, Εὐρυδίκην ib. 1180, Ἱππομέδοντ᾽ O. C. 1317, Παρθενοπαῖος ib. 1320. Λαομέδοντος Aias 1302, also Namen, die im ersten Fuß nicht eintreten können, es müßte denn in den choriambisch anlautenden die zweite Silbe, der Prosodie entgegen, zur Ictusfilbe erhoben werden, was sich Aeschylus in Παρθενοπαῖος Sept. 547 und Ἱππομέδοντος ib. 488 erlaubt hat. 28) In einem dreisilbigen nomen proprium beschlossen, wie bei Euripides nach Rumpel a. a. O. in Σαλαμίς Hel. 88 im zweiten, in Ἑλένην Cycl. 177 und Χάριτες ib. 581 im dritten Fuß, findet sich der Anapaest in der zweiten bis fünften Stelle bei Aeschylus und Sophocles noch nirgends. 29) Anapästische oder anapästisch anlautende Wörter, mögen es Eigennamen sein oder nicht, stehen in ihrer natürlichen Prosodie nur am Anfang des Trimeters. Die anapästischen sind: Καπανεύς Sept. 422. 840. O. C. 1594. Μεγαρεύς Sept. 474, Φανοτεύς El. 670, Πριάμου Agam. 267. 813. Phil. 605, Περίθου O. C. 1397, Τεναγών Pers. 306, Κιλικῶν ib. 327, Μερόπης O. R. 990, Πυλάδῃ Cho. 562, Πυλάδη Cho. 20. 899. El. 16. 1573, Λιβύη Suppl. 316, Ἰόλη Trach. 381, Ἰόλην ib. 420. 1220, Νεμέας ib. 1092, κορυφαῖς Prom. 366, ποταμοί ib. 368. 722, χθονίοις ib. 994, ἀγόνοις O. R. 27, ὀτοτοῖ Agam. 1257, μεγέθει Pers. 154, ἀπορεῖς Phil. 898. ἔσομαι El. 818, ἀρετῇ Phil. 1425, ἀγορᾷ Trach. 372. 424, ἱερῶν Sept. 1010, ποταμῶν Prom. 89, κροταφῶν ib. 721, ὑδάτων O. C. 1599, ἀκράτωρ Phil. 486, δεκάτῳ Agam. 504, ἱερῆς O. R. 18, ἀρετῆς Phil. 669, διφυῆ Trach. 1095, ἱκέτης Eum. 474. 577. Aias 1172. Phil. 470, ἱκέτην Eum. 92, προδότης Phil. 94, ὀμόσας ib. 941, περόνας O. R. 1269, ἀγορά El. 7. Für den bei Euripides nicht mehr seltenen Fall, daß der anlautende Anapaest aus einem Worte besteht, das seiner natürlichen Prosodie nach ein Tribrachys ist und erst durch Position zum Anapaest wird, 30) findet sich im Aeschyleischen Trimeter nur Θάρυβις Pers. 323, Κύπριος Suppl. 282, ἑκατόν Pers. 343, ὕπατος Agam. 509, im Sophocleischen nur ὕδατος O. C. 481 und ποδαπόν ib. 1160. Dagegen ist fast die Hälfte derjenigen mehr als drei Silben enthaltenden Wörter, welche den Trimeter anapästisch beginnen, so gebildet, daß die letzte Silbe des Anapaest nur durch Position lang ist; ich setze die anapästisch anlautenden Wörter des ersten Fußes vollständig her: Πολύνεικες Aias 1397. 1414,

---

28) Vgl. Roßbach und Westphal griech. Metrik p. 306.

29) Soph. Ai. 1008 ist statt des handschriftlichen ἦ πού Τελαμών, σὸς πατὴρ ἐμός θ᾽ ἅμα was dem Metrum nicht genügt, richtig verbessert ἦ πού με Τελαμών.

30) Rumpel a. a. O. zählt im Trimeter des Euripides 44 Anapaeste dieser Art.

'Αραχναῖον Agam. 309, Τελαμῶνι Aias 463. 569, 'Ομολωῖσιν Sept 570, Πεπάρηθον Phil. 549, Σαλαμῖνος Pers. 273. Aias 860, Μενέλαε Aias 1045. 1091, 'Αγαμέμνον' Eum. 456, Ajas 1224, 'Αγαμέμνονος Agam. 26. 1246. El. 2. 695. 1355, Μελάνιππος Sept. 414, 'Αριμασπόν Prom. 805, 'Ερυμάνθιον Trach. 1096, βασίλεια Aias 1302, ἀγοραῖσι O. R. 20, ἱκετεύσομεν ib. 41, ἐνιαυτόν Trach. 253, ἐλεοῦσι Phil. 308, ἐλέησον ib. 967, ἱκεταδόχον Suppl. 713, ἀποχρημάτοισι Cho. 275, ἀφύλακτον Agam. 336, ἀκάθαρτον O. R. 256, ἀκάλυπτον ib. 1427, μονόδοντες Prom. 746, ἀδαμαντίνων ib. 6, ἀδαμαντίνου ib. 64, ὀλολυγμόν Sept. 268. Agam. 28. 595, καταβασμόν ib. 811, ἑκατογκάρανον Prom. 353, wo gegen die handschriftliche Lesart ἑκατονταχάρηνον außer dem Anapaest im zweiten Fuß auch der Umstand spricht, daß die alten Attiker bei Zahlwörtern, wenn sie mit anderen Wörtern zusammengesetzt wurden, die unveränderte Beibehaltung der Endungen vorzogen.[31] Schließlich führe ich noch besonders diejenigen Anapaeste auf, welche am Anfang des Trimeters in einem componirten oder augmentirten Verbum stehen; es sind folgende: ἐπαφῶν Prom. 899, ἑάλωκεν[32] Agam. 30, ἐκέλευσ' Phil. 544, ἀπόλωλα ib. 742. 923, ἀπάμησον ib. 749, ἀνακλάομαι ib. 939. Aus zwei Wörtern besteht der Anapaest nur Phil. 795: τὸν ἴσον χρόνον τρέφοιτε τήνδε τὴν νόσον. Diejenigen Wörter, welche ich wegen der Synizesis zu den anlautenden Anapaesten nicht rechne, sind: πόλεως Sept. 471. Ant 656, O. C. 558, ὄφεων Sept. 495, Ἄρεως ib. 64, ὕβρεως Pers. 808, κολεῶν Aias 730, φονέως ib. 1026.

Schließlich noch einige Bemerkungen über diejenigen Anapaeste, welche Hamacher am angeführten Orte[33] im Aeschyleischen Trimeter als irrthümlich beseitigt ansieht und wiederhergestellt wissen will. Er führt daselbst zunächst diejenigen Stellen auf, an welchen in Canters Ausgabe der Anapaest im zweiten bis fünften Fuß in andern Wörtern als in Eigennamen gefunden wird; es sind ihrer zehn, wovon jedoch sieben allein dem Prometheus angehören, wo, wie wir oben gesehen haben, die Substitution des Anapaest im ersten Fuß häufiger angewendet ist, als in den anderen Stücken des Aeschylus; und ich ziehe daraus vielmehr den Schluß, daß die Abschreiber in Folge dessen gerade in dieser Tragödie verleitet wurden, mehrere Anapaeste auch in die folgenden Füße des Trimeters durch Correctur hineinzubringen. Einige derselben sind derartig, daß es gar nicht abzusehen ist, was den Dichter veranlaßt haben sollte, einem nahe liegenden Jambus oder Spondeus einen ungewöhnlichen Anapaest vorzuziehen. Dahin gehört τοὺς κακῶς πράσσοντας. ἐγώ Prom. 265, wofür Stanley mit Recht verbessert hat τὸν κακῶς πράσσοντ'.

---

31) Vgl. Lob. ad Phryn. p. 413 und Buttmann Ausf. Griech. Sprachlehre § 71, 5.

32) Daß ἑάλωκεν die Synizesis hat, halte ich für weniger wahrscheinlich, namentlich mit Rücksicht auf die von Rumpel „zur Synizesis bei den Tragikern" Philologus XXVI. p. 249 gemachte Bemerkung, daß die Synizesen, die sich in mehrsilbigen Wörtern finden, ihrer großen Mehrzahl nach in die Arsis des ersten und in die Thesis des dritten Fußes des Trimeters fallen, während nur bei zusammengesetzten Wörtern, die anders schwer oder gar nicht in den Vers gingen, hin und wieder auch bei Thesis des ersten, wie in Θεοκλύμενον Hel. 9, und die Arsis des dritten Fußes, wie in Νεοπτόλεμο Phil. 4. Andr. 14. Tro. 1126 für die Synizesis benutzt ist.

33) Siehe oben S. 10.

ἐγώ, und τὸν ἐφημέροις πορόντα τιμάς ib. 945, wo es viel natürlicher und angemessener ist, πορόντα mit Weglassung des τόν als causales Participium dem vorhergehenden ἐξαμαρτόντ᾽ ἐς θεούς unterzuordnen. Ueber das handschriftliche πᾶσιν ὃς ἀντέστη Prom. 354 ist oben ausführlich gesprochen worden. Ganz offenbar verdorben ist τοὺς ὑπερέξοντας κρατεῖν ib. 213 und ἀγαθὼ δ᾽ ἀμείψομαι Agam. 1267. Hamacher selbst stellt dafür neue Vermuthungen auf; um so weniger durfte er diese beiden Stellen p. 4 unter denjenigen aufführen, von welchen er sagt: Quos versus rite traditos nemo mortalium vexare tentasset, nisi falsa de anapaesto praeoccupatus opinione. Statt ὑπερέξοντας Turn. vermuthet er p. 18 ὑπερείποντας subruentes, evertentes, was aller Wahrscheinlichkeit entbehrt. Die Vulgate bietet ὑπερέχοντας (Schol. τοὺς μεγάλους), und es ist dies vermuthlich eine Corruptel für ὑπερσχόντας, wie nach Porson's Emendation jetzt bei Dindorf gelesen wird. Agam. 1267 lautet nach der handschriftlichen Tradition

ἴτ᾽ ἐς φθόρον πεσόντ᾽ ἀγαθὼ δ᾽ ἀμείψομαι

Statt des sinnlosen ἀγαθὼ δ᾽ ἀμείψομαι lesen Hermann und Dindorf ἐγω δ᾽ ἀμ᾽ είψομαι; diese Aenderung liegt jedoch der handschriftlichen Verderbung viel zu fern und stört auch den Zusammenhang mit dem folgenden Verse. Keineswegs zulässig scheint es mir aber, mit Hamacher nach Weglassung des πεσόντ᾽ zu ändern

ἴτ᾽ ἐς φθοράν· ἐγὼ θάνατον δ᾽ ἀμείψομαι

Ueberhaupt ist es doch verfehlt, mit Rücksicht darauf, daß in der handschriftlichen Verderbung ein Anapaest steht, bei der Herstellung der ursprünglichen Lesart davon auszugehen, daß dieselbe gleichfalls einen Anapaest enthalten müsse. Ich glaube, daß der Trimeter in folgender Weise herzustellen und zu interpungiren ist:

ἴτ᾽ ἐς φθόρον· πεσόντα γ᾽ ὧδ᾽ ἀμείψομαι

Das Adverbium ὧδε steht in diesem Fall, wie öfters nach einem Participium oder Adjectivum, hinter dem Begriff, auf den es sich bezieht, und die von Cassandra der Verwünschung, mit welcher sie Seherstab und Binde von sich wirft, hinzugefügten Worte verstehe ich folgendermaßen: „So hingeworfen, so wie ihr da liegt, so werde ich euch austauschen, verlassen." Denn das heißt hier ἀμείβεσθαι, aber nicht vergelten, wie Donner übersetzt hat. Vermuthlich aus demselben Mißverständniß und zugleich zur Beseitigung des ihnen unverständlichen ὧδε schoben die alten Abschreiber αθ ein, woher die Corruptel ἀγαθὼ δ᾽ ἀμείψομαι (Schol. ἀντὶ τοῦ καλλίω). Gerade solche offenbar verdorbene Stellen zeigen uns vielmehr, wo derartige Anapaeste der handschriftlichen Lesart herzuleiten sind, als daß sie benutzt werden sollten zu Emendationen, welche sich auf die Restitution eines aus dem ursprünglichen Texte beseitigten Anapaestes gründen. Statt der übrigen Anapaeste, welche Hamacher aus der handschriftlichen Tradition des Aeschylus anführt und beibehalten will, ἐλεεινός Prom. 246, πέπονθας ἀεικές ib. 472, αἰφνίδιος μόρος ib. 680, ἀφεζομένη Eum. 446, ἦλθες ἀνάρσιος Agam. 511 hat Dindorf mit Recht vorgezogen ἐλεινός, πέπονθας αἰκές, ἀφνίδιος μόρος, ἐφημένον. An der letzten Stelle (ἦλθ᾽ suprascr. ες Flor.) lesen Hermann und Dindorf ἦσθ᾽ ἀνάρσιος, Enger jedoch ἦσθ᾽ (Ascew.) ἀνάρσιος, was auch meiner Meinung nach mehr Warscheinlichkeit hat.

Was diejenigen Anapaeste anbetrifft, welche nach Hamacher's Vermuthung bereits die alten Abschreiber und Grammatiker im Aeschyleischen Trimeter beseitigt haben, so bemerke ich hier Folgendes. Hamacher erklärt an einigen Stellen des Aeschylus die handschriftliche Lesart für sinnlos und verdorben, ohne daß ein hinreichender Grund dazu vorhanden ist, so Prom. 1007, wo er für

λέγων ἔοικα πολλὰ καὶ μάτην ἐρεῖν,

was einer Aenderung meiner Meinung nach gar nicht bedarf, lesen will

λέγων ἔοικα πολλὰ πάλαι μάτην ἐρεῖν.

Eben so wenig ist es mir einleuchtend, daß ib. 1030,

ὡς ὅδ' οὐ πεπλασμένος
ὁ κόμπος, ἀλλὰ καὶ λίαν εἰρημένος,

das handschriftliche καὶ λίαν keinen Sinn haben, noch weniger aber, daß es eine Verderbung sein soll für καλῶς λίαν und daß mit Rücksicht darauf zu v. 953 σεμνόστομός γε καὶ φρονήματος πλέως der Scholiast bemerkt haben soll ἐστὶ καὶ καλῶς εἰρημένος καὶ φρονήσεως γέμων. Es ist vielmehr καὶ λίαν εἰρημένος ganz gewiß, unausweichlich[34] ausgesprochen, in dem Sinne von ἀληθινός, sowohl zu πεπλασμένος ein trefflicher Gegensatz, als auch den folgenden Worten ψευδηγορεῖν γὰρ οὐκ ἐπίσταται στόμα τὸ Δῖον ganz entsprechend, während καλῶς λίαν εἰρημένος dem πεπλασμένος gegenüber ohne Ausdruck und Bedeutung wäre. Wenn Hamacher statt ποίοισιν εἰπών Suppl. 886 und θεοῖσιν εἰπών ib. 888 lesen will ποίοισι συνειπών und θεοῖσι συνειπών, indem er hinzufügt, συνειπεῖν bedeute ante rem gerendam aliquid cum aliquo constituere, pacisci, so ist dagegen einzuwenden, daß συνειπεῖν diese Bedeutung weder irgend wo hat noch haben kann; es heißt eben so wie σύμφημι, dessen Aorist es ist, mit oder zugleich sagen, daher mit Einem übereinstimmen, ihm beistehen, im Gegensatz von ἀντειπεῖν, und namentlich für Jemanden sprechen, niemals aber, wie das Medium συνείπασθαι Dion. Hal. 5, 51, sich verabreden. Zu Sept. 773

θαρσεῖτε παῖδες, μητέρων τεθραμμέναι

behauptet Hamacher, wie ich glaube, mit Recht, daß der Dichter ohne Zweifel weder μητέρων τεθραμμέναι, was die Handschriften haben, noch μητέρων τεθρυμμέναι, wie Hermann ändert, noch auch μητέρων τεθραγμέναι, was Hartung vorschlägt, geschrieben habe. Er selbst vermuthet mit Rücksicht auf die Bemerkung des Scholiasten συγγενεῖς, ἢ δειλαί, ὑπὸ μητέρων ἀπαλῶς τεθραμμέναι, die ursprüngliche Lesart sei gewesen μητρόθεν εὖ τεθραμμέναι, indem er hinzusetzt: puto scribam postquam εὖ suo more sepelivit religione quadam propter vitiatam elocutionem tactum et perturbatum id egisse, ut omne medendi conamen irritum redderet scribendo μητέρων pro μητρόθεν. Lusisse videor, sed quid illi non potuerunt? Eine so erkünstelte und so weit hergeholte Emendation ist jedoch in der That nur ein Scherz zu nennen. Auch läßt es sich keineswegs rechtfertigen, wenn Hamacher fortfährt: Iam intuere verba scholiastae. Potuit sane μητέρων explicare per ὑπὸ μητέρων, potuit adverbium, quod videbat omissum per ἀπαλῶς significando poetam excusare, sed illud emergit, si legit μητρόθεν εὖ τεθραμμέναι, verba ejus

---

34) Vgl. Döberlein Gloss. n. 94, nach dessen Annahme λίην von einer zu ἀλεύεσθαι gebildeten Nebenform λιαίνειν abzuleiten und bald „unausweichlich gewiß“, bald „hartnäckig“ zu übersetzen ist und ursprünglich gleiche Bedeutung mit ἄλλαστον hat.

optime congruere. Das heißt die Worte des Scholiasten nur zur Hälfte berücksichtigen, um einen Anapaest zu restituiren, zu dem an und für sich nicht der geringste Grund vorhanden ist; denn wo bleibt in diesem Falle συγγενεῖς und wie konnte der Scholiast zweifelhaft sein, ob er das hinter μητέρων stehende Wort interpretiren sollte mit συγγενεῖς oder mit δειλαί in dem Sinne von ἁπαλῶς τεϑραμμέναι? Gerade diese Schwankung führt meiner Ueberzeugung nach darauf hin, daß der Scholiast weder τεϑραμμέναι noch irgend ein ähnlich klingendes Participium, sondern ein ganz anderes Wort vor sich gehabt hat, wofür später τεϑραμμέναι aus der Interpretation in den Text gekommen ist, und es scheint mir die Vermuthung nahe zu liegen, daß der Dichter geschrieben hat

ϑαρσεῖτε παῖδες, μητέρων κηδεύματα.

Man vergl. Eur. Orest. 795 und die Scholien dazu. Orestes, der einige Verse vorher dem Pylades die Versicherung gegeben hat ἀλλὰ κηδεύσω σ᾽ ἐγώ, giebt demselben auf die Worte ἕρπε νῦν οἴαξ ποδός μοι zur Antwort φίλα γ᾽ ἔχων κηδεύματα, was in den Scholien richtig erklärt wird mit βαδίζω, προσφιλεῖς ἔχων, ἀντὶ τοῦ ποιούμενος, ἐπιμελείας καὶ κυβερνήσεις Gu. ὑπηρετήματα Fl. 21, unpassend aber mit ἐπιγαμβρίαν Fl. 33, in welchem Sinne κηδεύματα hier zu nehmen schon die augenscheinliche Beziehung auf das vorhergehende κηδεύσω σ᾽ ἐγώ (ich werde dein Pfleger sein) nicht zuläßt. In gleicher Weise schwankte nach meinem Vermuthen der Scholiast zu der Aeschyleischen Stelle, ob er κηδεύματα mit συγγενεῖς interpretiren oder in der Verbindung mit μητέρων verstehen sollte ὑπὸ μητέρων ἁπαλῶς τεϑραμμέναι, was das Richtige war. Daß κήδευμα eben so wie μέλημα und cura gebraucht werden konnte, um zu bezeichnen den Gegenstand der Fürsorge, Pflege, oder auch den geliebten Gegenstand, den Liebling, unterliegt keinem Zweifel, und wenn die Wörterbücher von Passow und Pape unter κήδευμα nur anführen Verwandtschaft durch Heirath, Verschwägerung Plat. Legg. 773 b. Eur. Med. 75, poetisch der Verschwägerte = κηδεστής Soph. O. R. 85. Eur. Orest. 477, so ist dies schon mit Rücksicht auf Eur. Orest. 795, wo κηδεύματα in diesem Sinne nicht verstanden werden kann, zu berichtigen.

Ich schließe meine Untersuchung mit der Betrachtung der Art und Weise, in welcher gleiche oder verschiedene Auflösungen im Trimeter mit einander in Verbindung treten. Es ist dies ein Fall, der bei beiden Tragikern noch höchst selten und bei Aeschylus fast nur in melischen Trimetern gefunden wird. Bei diesem kommt auf etwa 400, bei Sophocles auf etwa 300 Trimeter erst eine Wiederholung der Auflösung, während die Zahl dieser Fälle bei Euripides zu der Zahl der Trimeter sich bereits wie 1 : 40 verhält. Ganz frei von der Wiederholung der Auflösung sind Prom., Eum., Ant., 1mal findet sie sich Pers., Agam., 2mal Sept., Suppl., El., Trach., Oed. R., Oed. Col., 4mal Aias, 5mal Cho., 11mal Phil. Wenn ein und dieselbe Auflösung mehrmals auftritt, so sind es bei Aeschylus ohne Ausnahme, bei Sophocles meistentheils Tribrachen. Zwei Tribrachen finden sich 7mal, und zwar nach ihrer Stellung geordnet, in folgenden Trimetern:

T. 1. 3. Cho. 89. πότερα λέγουσα παρὰ φίλης φίλῳ φέρειν

     Phil. 1018. ἄφιλον ἔρημον ἄπολιν ἐν ζῶσιν νεκρόν.

T. 2. 3. Sept. 593. βαϑεῖαν ἄλοκα διὰ φρενὸς καρπούμενος,

     Phil. 1029. καὶ νῦν τί μ᾽ ἄγετε; τί μ᾽ ἀπάγεσϑε; τοῦ χάριν;

f. 2. 4. Cho. 426. *ἐπασσυτεροτριβῆ τὰ χερὸς ὀρέγματα*
447. *ἑτοιμότερα γέλωτος ἀνέφερον λίβη,*
T. 3. 4. Pers. 284. *ὦ πλεῖστον ἔχθος ὄνομα Σαλαμῖνος κλύειν.*

Drei Tribrachen kommen nur in zwei melischen Trimetern des Aeschylus vor:

T. 2. 3. 4. Cho. 42. *τοιάνδε χάριν ἀχάριτον ἀπότροπον κακῶν,*
54. *σέβας δ᾽ ἄμαχον ἀδάματον ἀπόλεμον τὸ πρίν.*

Die Wiederholung des Dactylus, so wie die des Anapaest findet sich im Aeschyleischen Trimeter gar nicht, bei Sophocles die erstere nur an einer, die letztere nur an zwei Stellen,

D. 1 3. El. 433. *οὐδ᾽ ὅσιον ἐχθρᾶς ἀπὸ γυναικὸς ἱστάναι*
A. 1. 3. Aias 1302. *βασίλεια, Λαομέδοντος· ἔκκριτον δέ νιν*
Phil. 794. *Ἀγάμεμνον, ὦ Μενέλαε, πῶς ἂν ἀντ᾽ ἐμοῦ.*

Betrachten wir die Verbindung verschiedener Auflösungen, so zeigen sich Dactylus und Tribrachys bei weitem am zahlreichsten vertreten, im Ganzen an vierzehn Stellen und zwar

D. 1. T. 2. Aias 854. *ὦ Θάνατε, Θάνατε, νῦν μ᾽ ἐπίσκεψαι μολών·*
Phil. 797. *ὦ θάνατε θάνατε, πῶς ἀεὶ καλούμενος*
1420. *ἀθάνατον ἀρετὴν ἔσχον, ὡς πάρεσθ᾽ ὁρᾶν.*
D. 1. T. 3. Aias 575. *Εὐρύσακες, ἴσχε διὰ πολυρράφου στρέφων*
D. 1. T. 5. El. 326. *Χρυσόθεμιν, ἔκ τε μητρὸς, ἐντάφια χεροῖν*
D. 3. T. 1. Agam. 1584. *πατέρα Θυέστην τὸν ἐμὸν, ὡς τορῶς φράσαι,*
Sept. 856. *πίτυλον, ὃς αἰὲν δι᾽ Ἀχέροντ᾽ ἀμείβεται*
Suppl. 341. *βαρέα σύ γ᾽ εἶπας, πόλεμον αἴρεσθαι νέον.*
Phil. 814. *τί παραφρονεῖς αὖ; τί τὸν ἄνω λεύσσεις κύκλον;*
D. 3. T. 2. O. C. 284. *ἀλλ᾽ ὥσπερ ἔλαβες τὸν ἱκέτην ἐχέγγυον,*
Phil. 1232. *παρ᾽ οὗπερ ἔλαβον τάδε τὰ τόξ᾽· αὖθις πάλιν*
D. 3. T. 4. Trach. 9. *μνησιὴρ γὰρ ἦν μοι ποταμός, Ἀχελῶον λέγω*
1096. *θηρῶν, ὑβρίστην, ἄνομον, ὑπέροχον βίαν*
D. 3. T. 5. Phil. 1327. *Χρύσης πελασθεὶς φύλακος, ὃς τὸν ἀκαλυφῆ.*

Von den acht Combinationen, welche hier möglich sind, ist also bei Sophocles nur eine nämlich D. 1. T. 4. gar nicht gebraucht, während Aeschylus den Dactylus und Anapaest ausschließlich in der Stellung D. 3. T. 1. verbunden hat.

Anapaest und Tribrachys finden sich im Aeschyleischen Trimeter nirgends, im Sophocleischen an vier Stellen, und zwar

A. 1. T. 2. O. C. 1414. *Πολύνεικες, ἱκετεύω σε πεισθῆναί τί μοι*
A. 1. T. 3. O. R. 990. *Μερόπης. γεραιὲ, Πόλυβος ἧς ᾤκει μέτα.*
Phil. 605. *Πριάμου μὲν υἱὸς, ὄνομα δ᾽ ὠνομάζετο*
A. 1. T. 4. Aias 569. *Τελαμῶνι δείξει μητρί τ᾽, Ἐρίβοιαν λέγω.*

Anapaest und Dactylus treten ein

A. 1. D. 3. Suppl. 316. *Λιβύη, μεγίστης ὄνομα γῆς καρπουμένης*
Phil. 923. *ἀπόλωλα τλήμων, προδέδομαι. τί μ᾽ ὦ ξένε*

Ein Dactylus und zwei Tribrachen werden verbunden in zwei Sophocleischen Trimetern, und zwar

D. 3. T. 4. 5. O. R. 967. *κτανεῖν ἔμελλον πατέρα τὸν ἐμόν; ὁ δὲ θανών*
D. 3. T. 1. 4. Phil. 932. *ἀπόδος, ἱκνοῦμαί σ᾽, ἀπόδος, ἱκετεύω, τέκνον.*

Berichtigungen. S. 2. Z. 21. v. o. lies genau genommen statt genommen.
    „ 10. „ 11. „ „ κωκύματα statt κεοκύματα.
    „ 11. „ 9. v. u. „ gekommen statt kommen.
    „ 13. „ 5. v. o. „ περᾷ statt περᾶ.

Hohenstein, im Juli 1868.   **Dr. E. Szelinski.**

Schul-Nachrichten.

I. Lehrverfassung während des Schuljahres von Michaelis 1867 bis Michaelis 1868.

Sexta.
Ordinarius: Balbus.

1) Religion 3 St. Biblische Geschichte des A. T. nach Preuß bis zur Theilung des Reichs. Einige bibl. Geschichten wurden übergangen. Aus dem N. T. die Leidensgeschichte des Herrn Nr. 34—45. Die bibl. Bücher des A. T. wurden gelernt. Das erste Hauptstück ward kurz erklärt, die in Weiß „Religionsbüchlein" dem ersten Hauptstück eingefügten Bibelstellen wurden gelernt. — Lehre und Anweisung zum Gebet. — 9 Kirchenlieder. Weise.

2) Deutsch 4 St. Aus Apel, Cursus I., Lesen und Wiedererzählen des Gelesenen. Deklamationsstücke. Die Orthographie an Beispielen erläutert und schriftlich geübt. Im ersten Semester wöchentlich zwei, im zweiten Semester wöchentlich eine schriftliche Arbeit, theils nach Dictaten, theils Beschreibungen. Kenntniß der Redetheile und die Lehre vom einfachen Satze. Balbus.

3) Latein 9 St. Formenlehre nach Scheele. Theil 1, Abth. 2, §. 1—15, einschließlich der wichtigsten Genusregeln. Unterscheidung der wichtigsten Satztheile und ihrer gegenseitigen Beziehungen. Von der 2. Abtheilung wurde die zweite Reihe der lateinischen und deutschen Stücke übersetzt. Wöchentliche Exercitien und Extemporalien. Maletius.

4) Geographie 3 St. Allgemeine Geographie der 5 Erdtheile nach Daniel, Buch I. Versuch von Kartenzeichnen. Gervais.

5) Rechnen 4 St. Die Grundrechenarten in unbenannten Zahlen sicher gestellt, darauf Resolviren und Reduziren und die Species mit benannten Zahlen. Das Doppelverhältniß und die Regel de tri. Kopf- und Zifferrechnen. Balbus.

6) Zeichnen 2 St. und 7) Schreiben 3 St., wie früher. Balbus.

Quinta.

Ordinarius: Maletius.

1) **Religion** 3 St. Biblische Geschichten des N. T. nach Preuß. — Theilweise Wiederholung der biblischen Geschichten des A. T.; Erlernung und Erklärung der 3 ersten Hauptstücke im Anschluß an Weiß „Religionsbüchlein." Bibelstellen, Gebete, 9 Kirchen- lieder. Weise.

2) **Deutsch** 4 St. Uebungen im Lesen, Erzählen und Deklamiren nach dem Lese- buch von Apel Th. I. Erklärung gelesener Musterstücke unter besonderer Berücksichtigung der Satzlehre. Orthographische Uebungen und Aufsätze. (Wöchentlich eine Arbeit.) Maletius.

3) **Latein** 9 St. Scheele Th. II. Lehrgang I. §. 1—54, die zweite Reihe der la- teinischen und deutschen Stücke. Zu jeder Regel wurden Sätze memorirt. Wöchentlich ein Exercitium oder Extemporale. Formenlehre nach Siberti Cap. 1—69. Bonnell's Vocabu- larium Th. 1 mit Auswahl, aus Th. 2 die unregelmäßigen Verba. Aus dem kleinen He- robot die zweite Hälfte. Szelinski.

4) **Französisch** 3 St. Plötz Elementarbuch Lect. 1—59 mündlich und schriftlich. Memoriren einzelner Sätze. Heinicke.

5) **Geographie und Geschichte** 3 St. Die Länder Europas nach Daniel, 3. Buch. Kartenzeichnen. 2 St. Die Heroengeschichte der Griechen 1 St. Gervais.

6) **Rechnen** 3 St. Die 4 Species mit Brüchen. Regel be tri und Zinsrechnung. Maletius.

7) **Zeichnen** 2 St. comb. mit VI., wie früher. Baldus.

8) **Schreiben** 3 St., eine comb. mit VI., wie früher. Baldus.

Quarta.

Ordinarius: Siebert.

1) **Religion** 2 St. Geographie von Palästina mit besonderer Rücksicht auf die biblischen Begebenheiten; das Leben Jesu und der Apostel unter Grundlegung der bibl. Geschichte. Wiederholung der ersten 3 Hauptstücke mit den in Weiß „Religionsbüchlein" verzeichneten Bibelstellen. Lehre von den Sacramenten nach dem IV. und V. Hauptstück Luthers. Einige Sonntagsevangelien und die Festperikopen. Kirchenlieder. Weise.

2) **Deutsch** 2 St. Erklärung gelesener Musterstücke aus Apel's Lesebuch, Cursus 2. Uebung im Declamiren. Interpunktionslehre und Satzbau. Correctur der zweiwöchentlichen Aufsätze. Weise.

3) **Latein** 10 St. Formenlehre nach der Schulgrammatik von Siberti — Meiring Cap. 7—69, 72—77, 80—81. Einübung der verba primitiva nebst den abgeleiteten und stammverwandten Wörtern nach Bonnell, Abth. II. 2 St. Syntax nach Scheele's Vor- schule, Theil II. Wiederholung des ersten Lehrganges, vom 2. Lehrgange ist die zweite Reihe der lateinischen und deutschen Stücke durchübersetzt, und sind Sätze daraus als Bei- spiele memorirt worden. Wöchentliche Exercitien und Extemporalien 4 St. Lectüre: aus

dem kleinen Livius von Weller, gelesen Seite 18—51; aus Siebelis Tirocinium auser=
wählte Abschnitte. Einzelne Stücke wurden memorirt. 4 St. Siebert.

4) Griechisch 6 St. Formenlehre nach Krüger's Grammatik §. 1—35. Lectüre:
Ausgewählte Sätze aus dem I. Cursus des Elementarbuchs von Jakobs und einige des
II. Cursus. Einzelne Sätze wurden memorirt. Formenextemporalien und Exercitien seit
dem November c. wöchentlich. Heinicke.

5) Französisch 2 St. Elementarbuch von Plötz, Lection 60—90 mündlich und
schriftlich, die meisten Stücke des Lesebuchs übersetzt. Wiederholung der 59 ersten Lectionen.
Wöchentliche Exercitien. Heinicke.

6) Geschichte und Geographie 3 St. Geschichte der Aegypter und Perser bis
Xerxes I., der Griechen und Macedonier bis Alexander's des Großen Tod, der Römer bis
Augustus. Zu Grunde gelegt wurde Dietsch's Grundriß der allgemeinen Geschichte. 2 St.
Die außereuropäischen Erdtheile nach Daniel's Leitfaden II. 1 St. Jeden Monat wurde
eine Karte gezeichnet. Heinicke.

7) Mathematik 3 St. Regel be tri, Zinsrechnung, Discontorechnung, Decimal=
brüche Leitf. §. 1—13. Elemente der Planimetrie und zwar Einleitung, Linien und
Winkel, von den Dreiecken Leitf. §. 1—42. Konstruktionsaufgaben. Blümel.

8) Zeichnen 2 St. Wie früher. Baldus.

Tertia B.
Ordinarius: Szelinski.

1) Religion 2 St., 2) Deutsch 2 St., comb. mit III. A.

3) Latein 10 St. Wiederholung der Syntax nach Scheele. Die Casuslehre nach
Siberti, Cap. 86—91. Wöchentliche Exercitien oder Extemporalien, so wie mündliche
Uebersetzungen großentheils aus Süpfle Th. I., Abth. II. Kleine Sprechübungen. 4 St.
Caesar bell. Gall. lib. V.—VIII. 4 St. Szelinski.

4) Griechisch 6 St. Die mythologischen Erzählungen und Gespräche, Einiges aus
der Länder= und Völkerkunde aus Jacob's Lesebuch. 3. St. Die Verba in μ und die
Tabellen der unregelmäßigen Verba aus Krügers' Grammatik. Wiederholung von §.
1—36. 2 St. Wöchentlich ein Exercit. oder ein Extempor. 1 St. Krause.

5) Französisch 3 St., 6) Geschichte 2 St., 7) Geographie 2 St., comb.
mit III. A.

8) Mathematik 3 St. Lehre von den entgegesetzten Größen, Gebrauch der Pa=
renthese, Potenzrechnung, Ausziehen der Quadrat= und Kubik=Wurzeln. Leitf. §. 13 bis
§. 47. — Von den Vierecken, über den Flächeninhalt der Figuren, der Kreis. Leitf. §.
42—97. — Konstruktionsaufgaben. Blümel.

Tertia A.
Ordinarius: Heinicke.

1) Religion 2 St. (Cötus A. und B.) Die Geschichte des Reiches Gottes unter

bem Alten Bunde nach Hollenberg §. 1—46 mit besonderer Hervorhebung der messianischen Weissagungen. Erweiterung der Geographie Palästinas. Christliche Lebensbilder von Augustin, Luther, Melanchton, Paul Gerhardt u. A. — Das christliche Kirchenjahr und seine Perikopen; einige Kirchenlieder und ihre Verfasser. Weise.

2) Deutsch 2 St. (Cötus A. und B.) Lectüre aus Apel's Lesebuch. Die poetischen Stücke wurden fast durchgehends rücksichtlich des Inhalts, der Auffassung und des Versmaßes erklärt; an die prosaische Lectüre wurde die Satzlehre geknüpft. Memoriren und Deklamation. — Einige literärische Notizen· — Deutsche Aufsätze. Weise.

3) Latein 10 St. Etymologie und Syntax nach Siberti und Meirings Schulgrammatik. Wöchentlich Exercitien oder Extemporalien, großentheils aus Süpfle Th. I., Abth. III. Kleine Sprechübungen. 4 St. Lectüre: Caesar bell. civ. vollständig und privatim bell. gall. lib. V.—VIII. incl. 4 St. Heinicke.
Ovid. Met. VII., VIII., IX. Größere Stücke memorirt. Prosodie aus Siberti. Metrische Uebungen in Hexametern. 2 St. Krause.

4) Griechisch 6 St. Grammatik Krüger §. 1—40 und §. 68. 2 St. Wöchentlich ein Exercit. oder ein Extemp. Gelesen wurde Xenoph. Anab. lib. IV., V., VI.

5) Französisch 3 St. (Cötus A. und B.) Aus der methodischen Grammatik von Plötz A. die regelmäßigen, B. die unregelmäßigen Verba. Wöchentlich ein Exercitium. Lectüre Plötz Chrestomathie Abschn. B. I., II., A. III., IV., VIII. Gervais.

6) Geschichte 2 St. (Cötus A. und B.) Preußische Geschichte bis zur neuesten Zeit. Töppen.

7) Geographie 2 St. (Cötus A. und B.) Nach Daniel, Buch III. Europa. Kartenzeichnen. Gervais.

8) Mathematik 3 St. Gleichungen des ersten Grades mit einer und zwei Unbekannten. Leitf. §. 52—66. Repetitionen. — Proportionalität der Linien. Aehnlichkeit der Figuren §. 97—117. — Konstruktions-Aufgaben. Repetitionen. Blümel.

Religionsunterricht der katholischen Schüler, 2. Abth. (VI.—III. B.) 2 St. Die Lehre vom Glauben und den Geboten nach dem Katechismus von Deharbe. Biblische Geschichte des alten Testaments von 1—50, und des neuen Testaments von 1—60 nach Schuster, so wie Geographie von Palästina. Dinder.

Secunda.
Ordinarius: Blümel:

1) Religion 2 St. Der Galaterbrief und der erste Brief an die Corinther nach dem Grundtext. Die articuli fidei praecipui der Confessio Augustana Art. I.—XXI. mit steter Bezugnahme auf die heilige Schrift und unter Berücksichtigung der in denselben berührten kirchenhistorischen Momente. Weise.

2) Deutsch 2 St. Aufsätze, Vorträge und Declamationen. Die zweite Blüthenperiode der deutschen Literatur durch Beispiele in der Schule oder als Privatlectüre behandelt. Gervais.

3) **Latein 10 St.** Virg. Aen. IV., V., VI. Größere Stücke memorirt. Prosobie nach Zumpt Cap. 3. Metrische Uebungen im Distichon. 2 St. Krause. Durchnahme der Syntax incl. Syntaxis ornata nach Zumpt. Wöchentlich ein Exercitium oder Extemporale, größtentheils aus Süpfle's Aufgaben, Theil II. Mündliche Uebungen nach Süpfle. Freie Vorträge, Memorir- und Sprechübungen mit Anlehnung an Livius. Drei freie Arbeiten. 4 St. Lectüre im Winter: Cicero's Briefe nach Süpfle's Auswahl pag. 43—131; im Sommer Livius XXI.—XXVIII. mit Auswahl, XXIX. und XXX. vollständig, zum Theil als Privatlectüre. 4 St. Siebert.

4) **Griechisch 6 St.** Platon Apologie, Plutarch Lysander und Sulla. Odyss. lib. I.—XII., zur Hälfte privatim; größere Stücke memorirt. Eingehende Erläuterung des homerischen Dialects und Sprachgebrauchs. 2 St. Wiederholung der griechischen Etymologie; dazu die Casus- und Moduslehre aus Krüger's Grammatik §. 45—52, 54—56. Wöchentlich ein Exercit. oder Extemporale. 2 St. Szelinski.

5) **Französisch 2 St.** Lectüre aus Plötz Abschn. III. und VIII. Die Uebungsstücke nach dem methobischen Theile der neuen Plötz'schen Grammatik. Exercit. 1 wöchentlich. Gervais.

6) **Geschichte und Geographie 3 St.** Griechische Geschichte bis auf Alexander. Geographie von Europa (außer Deutschland), Asien und Amerika. Töppen.

7) **Mathematik 4 St.** Gleichungen des ersten Grades mit mehreren Unbekannten, Gleichungen des zweiten Grades mit einer Unbekannten. Logarithmen, Progressionen, Zinses-Zins und Renten-Rechnung. Leitf. §. 66—102. Beendigung der Planimetrie. Leitf. §. 117—147. Ebene Trigonometrie. Leitf. §. 1—36. Konstruktionsaufgaben. Blümel.

8) **Physik 1 St.** Sogenannte allgemeine Eigenschaften der Körper, Wärme, Meteorologie, nach Brettner. Blümel.

9) **Hebräischer Unterricht,** 2. Abtheilung (II.) Elementar- und Formenlehre nach Gesenius bis §. 66. Lectüre: Genesis I.—XV. Weise.

Prima.
Ordinarius: Krause.

1) **Religion 2 St.** Erklärung des Evangelium Johannes I.—XVI.; damit war verbunden die Logoslehre, ihre kirchengeschichtliche Entwicklung und die Christologie des N. T. Außerdem wurde die alte Kirchengeschichte neu durchgenommen und die mittlere Kirchengeschichte und die Kirchengeschichte der neueren Zeit bis auf Spener in ihren Hauptmomenten wiederholt. Hollenberg §. 92—140 diente als Leitfaden. Das evangelische Kirchenlied, das evangelische Bekenntniß und die Unterscheidungslehren. Weise.

2) **Deutsch 2 St.** Deutsche Aufsätze. Deutsche Literaturgeschichte der letzten Jahrhunderte. Wiederholung der Logik. Töppen.

3) **Latein 8 St.** Cic. de Or. II. und III.; Tac. Germ.; Cic. Verr. V. 3 St. Hor. Carm. III., IV. und einige Satiren und Episteln. Schriftliche Uebungen im horaz. Metren nach deutschen Dictaten. 2 St. Wöchentlich ein Exercit. und ein mündliches Ex-

temporale aus Süpfle; 10 Lateinische Arbeiten. 2 St. Sprechübungen und freie Vorträge. 1 St. Controllirte Privatlectüre. Cic. de Or. I. und einige Satiren aus Horaz. Krause.

4) Griechisch 6 St. Platonis Protagoras vollständig; Thucydidis de bell. Pelop. V.—VI. nur mit Auswahl. Als Privatlectüre: Herodoti lib. VII. ganz und VIII. zur Hälfte. Wöchentlich ein Exercitium oder Extemporale. Repetition der Syntax nach Krüger. 4 St. Siebert.

Iliados lib. I.—XII., zum Theil privatim, Sophoclis Oedipus rex. Töppen.

5) Französisch 2 St. Lectüre: Manuel de la literature française von Plötz. Repetition der Grammatik. Exercit. und Extemporal.; mündliche Uebungen. Gervais.

6) Geschichte und Geographie 3 St. Geschichte der neuern Zeit. Wiederholung der Geographie von Europa. Töppen.

7) Mathematik 4 St. Permutationen, Kombinationen, Variationen. Der binomische Lehrsatz. Quabratische und kubische Gleichungen, Theilbarkeit der Zahlen. Leitf. §. 102—145. Ebene Trigonometrie. Leitf. §. 1—44. Konstruktions und andere Aufgaben. Repetitionen. Blümel.

8) Physik 2 St. Optik; Mechanik fester Körper nach Brettner. Blümel.

Religionsunterricht der katholischen Schüler, 1. Abth. (III. A., II., I.) 2 St. Die besondere Sittenlehre im Anschlusse an Eichhorn. Kirchengeschichte von Gregor VII. bis Luther und Wiederholung der früheren Perioden nach Siemers. Dinder.

Hebräischer Unterricht, 1. Abth. (I.) 2 St. Wiederholung der Elementarlehre, der Formenlehre und Syntax nach Gesenius. Lectüre: Ausgewählte Stellen aus den Büchern der Könige, Hiob I.—XIX., Psalm 30—40. Weise.

Zeichenunterricht, 1. Abth. (III., II., I.) Wie früher. Baldus.

Gesangunterricht 6 St. Wie früher. Baldus.

Turnunterricht, zweimal je 2 St. wöchentlich, von Mai bis September. Baldus.

Themata zu den Abiturienten-Arbeiten.

1) Zu den deutschen Aufsätzen.

Ostern 1868: Vor jedem steht ein Bild deß, was er werden soll;
      So lang er das nicht ist, ist nicht sein Friede voll.   Rückert.

Michaelis 1868: Ist wohl der ein würdiger Mann, der, im Glück und im Unglück,
      Sich nur allein bedenkt, und Leiden und Freuden zu theilen
      Nicht versteht, und nicht dazu von Herzen bewegt wird?   Göthe.

2) Zu den lateinischen Aufsätzen.

Ostern 1868: Parentem virtutis quum civilis tum bellicae apud Romanos superioris
      memoriae fuisse paupertatem ingenuam.

Michaelis 1868: Illud, quod Alexander tumulum Achillis in Sigeo conspicatus dixit:
      „O fortunate adolescens, qui ſtuae virtutis Homerum praeconem
      inveneris“ sententiis Horatianis illustratur ac confirmatur.

3) Zu den mathematischen Arbeiten.

Ostern 1868: 1. Jemand will für ein baares Kapital von 17565,9 Thlr. eine jährlich postnumerando zahlbare Rente von 1800 Thlr. erwerben. Auf wie viel Jahre kann man ihm dieselbe bewilligen, wenn $3\frac{1}{7}$ % Zinses-Zinsen berechnet werden.

2. Gegeben ist von einem parallel mit der Grundfläche abgestumpften geraden Kegel das Volumen $V = 712,094 c'$, die Differenz der Radien der Grundfläche $d = 4$ und der Neigungswinkel der Seiten gegen die Grundflächen $\varphi = 68^{\circ}\,11'\,54,93.''$ Es sind die Radien der Grundflächen zu berechnen.

3. In einem $\triangle$ A B C, dessen Seiten mit a. b. c., und die gegenüberliegenden Winkel mit $\alpha\,\beta\,\gamma$ bezeichnet sind, ist der Radius r_1 des äußeren Berührungskreises, der die Seite a. und die Verlängerungen von b. und c., ferner der Radius r_2 des äußeren Berührungskreises, der die Seite b. und die Verlängerungen von a. und c. berührt, und der Winkel γ gegeben. Es soll der Radius R. des dem $\triangle$ A B C umschriebenen Kreises und die Seite c. berechnet werden.

4. Einen Kreis zu zeichnen, der eine gegebene Gerade berührt und so liegt, daß die Tangenten von zwei gegebenen Punkten P und Q die gegebenen Längen a und b haben.

Michaelis 1868: 1. Es sind folgende Gleichungen aufzulösen:

$$\text{I. } 9\,y^2 + 25\,x + 25\,\sqrt{x} = 30\,y\,\sqrt{x} + 15\,y + 6$$

$$\text{II. } \frac{x + y}{x - y} + 4\,\frac{(x - y)}{x + y} = \frac{17}{2}$$

2. In eine Kugel, deren Volumen $V = 2713,476$, ist ein gerader Kegel eingeschrieben, dessen Winkel an der Spitze $\varphi = 67^{\circ}\,14'\,24,5''$ beträgt. Wie groß ist das Volumen V dieses Kegels?

3) Gegeben sind in einem $\triangle$ A B C die Winkel $\alpha\,\beta\,\gamma$ und der Umfang u. desjenigen Dreiecks, welches man erhält, wenn man die Fußpunkte der drei Höhen des $\triangle$ A B C verbindet. Es sollen der Radius des dem $\triangle$ A B C umschriebenen Kreises und die Radien der vier Berührungskreise des $\triangle$ A B C berechnet werden.

4. Einen Kreis zu construiren, der zwei gegebene Kreise im Durchmesser schneidet und der auch eine gegebene Gerade so schneidet, daß die Sehne eine gegebene Länge a. hat.

II. Verfügungen

des Königlichen Provinzial-Schul-Collegii.

Aus dem Jahre 1867: 14. September. Mittheilung eines Ministerial-Erlasses vom 26. August, betreffend die Reclamationen landwehrpflichtiger Lehrer.

4. November. Da das Weihnachtsfest in diesem Jahre auf einen Mittwoch fällt, so sollen die Weihnachtsferien in diesem Jahre am 21. December beginnen und der Unterricht Montag den 6. Januar wieder eröffnet werden.

30. December. Mittheilung eines Ministerial-Erlasses, nach welchem die bisher von den Civilstaatsdienern zu entrichtenden einmaligen und fortlaufenden Pensionsbeiträge vom 1. Januar 1868 ab nicht mehr erhoben werden sollen.

Aus dem Jahre 1868: 9. Januar. Mittheilung eines Ministerial-Erlasses vom 4. Januar, betreffend die Berichterstattung an das Königl. Ministerium der Unterrichts-Angelegenheiten wegen Beurlaubung eines Lehrers auf längere Zeit.

13. Januar. Da der 22. März in diesem Jahre auf einen Sonntag fällt, eine besondere Schulfeier des Geburtstages Sr. Majestät des Königs an diesem Tage also nicht angänglich ist, so sollen die Schüler Tages zuvor in Verbindung mit der Schulandacht in geeigneter Weise auf das bevorstehende Fest hingewiesen und zur Betheiligung an der kirchlichen Feier dieses Tages aufgefordert werden.

7. Februar. Mittheilung eines Auszuges aus den von dem Civillehrer Eckler über den Turnunterricht in Hohenstein an den Herrn Minister erstatteten Bericht.

13. Februar. Unter Aufhebung der Circular-Verfügungen des Königl. Provinzial-Schul-Collegii vom 4. April 1853 und vom 21. Januar 1859 wird angeordnet: „Die Osterferien müssen nunmehr stets am Sonnabend vor Palmarum beginnen, und das Sommerhalbjahr am Montag nach Quasimodogeniti eröffnet werden. Die Michaelisferien beginnen am 29. September, wenn dieser auf einen Sonnabend fällt, oder am Sonnabend darauf; das Winterhalbjahr wird am Donnerstag in der zweiten darauf folgenden Woche eröffnet. Betreffs der Pfingstferien bleibt es, wie bisher, nämlich der Art, daß dieselben am Sonnabend vor dem ersten Festtage beginnen und einschließlich desselben fünf Tage dauern. Die Sommerferien beginnen am ersten Sonnabend im Juli und dauern wie bisher 4 Wochen. Die Weihnachtsferien beginnen am Sonnabend vor Weihnachten (den 25. December) und währen bis Montag nach Neujahr, falls aber Weihnachten selbst oder auch der heilige Abend auf einen Sonnabend fällt, so schließt der Unterricht am Mittwoch vorher und beginnt wieder am Donnerstag nach Neujahr.“

7. März. Nach dem Beitritt der Gymnasien und Progymnasien zu Beuthen, Seehausen, Dramburg, Wernigerode zum Programmenaustausch sind die künftig erscheinenden Programme des Gymnasii in 303 Exemplaren an das Königl. Provinzial-Schul-Collegium (an die Registratur des Königl. Unterrichts-Ministerii, wie früher, 126 Exempl.) einzusenden.

15. Mai. Die definitive Anstellung des bisherigen Inhabers der vierten ordentlichen Lehrerstelle, des Predigtamts-Candidaten O. Weise als ordentlicher Lehrer wird verfügt.

13. Juni. Die definitive Anstellung des bisherigen provisorischen wissenschaftlichen Hülfslehrers Maletius wird verfügt.

18. Juni. Mittheilung eines Ministerial-Erlasses vom 11. Juni, betreffend die Einführung der neuen Militair-Ersatz-Instruktion vom 26. März, in welcher unter Andern folgende Bestimmungen vorkommen.

Den Nachweis der wissenschaftlichen Qualifikation (für den freiwilligen einjährigen Militairdienst) durch Atteste können nur führen:

1) diejenigen, welche von einem norddeutschen Gymnasium mit dem vorschriftsmäßigen Zeugniß der Reife für die Universität versehen sind;

2) die Schüler der aus vollberechtigt anerkannten norddeutschen Gymnasien und Real-schulen erster Ordnung aus den beiden obersten Klassen, gleichviel ob diese Klassen in sich getrennte Abtheilungen haben oder nicht, die Secundaner jedoch nur, wenn sie mindestens ein Jahr der Klasse angehört, an allen Unterrichtsgegenständen Theil genommen, sich das Pensum der Untersecunda gut angeeignet und sich gut betragen haben. Die Zeugnisse hierüber müssen von der Lehrerconferenz festgestellt sein.

3) die vom Griechischen dispensirten Schüler solcher Gymnasien, wo dergleichen Dis-pensationen überhaupt zulässig sind, nach Absolvirung der Secunda, oder, wenn sie nach mindestens einjährigem Besuch der Secunda auf Grund einer besonderen Prüfung ein ge-nügendes Zeugniß der Lehrerconferenz erhalten.

Ueber den Termin der Anmeldung zum freiwilligen Dienst ist lediglich die frühere Bestimmung erneuert:

„die Berechtigung zum einjährigen freiwilligen Dienst darf nicht vor vollendetem 17. Lebensjahr und muß bei Verlust des Anrechts spätestens bis zum 1. Februar des Kalender-jahres nachgesucht werden, in welchem das 20. Lebensjahr vollendet wird."

6. Juli. Mittheilung eines Ministerial-Erlasses vom 30. Juni, betreffend die Zu-lassung von Civileleven zu einem sechsmonatlichen Cursus in der Königl. Central-Turn-anstalt zu Berlin.

9. Januar, 13. Juni, 9. Juli und 14. August. Empfehlung folgender Schriften und Musikalien: 1) 23 einstimmige Motetten mit Orgelbegleitung und 20 Motetten für drei Männerstimmen von Grell, erschienen bei Oehmigke und Riemschneider in Neu-Ruppin. 2) Photolitographische Relief-, Schul- und Wandkarten, erschienen bei Kellner und Giesemann in Berlin. 3) Mathematische Extemporalien von H. Fahle, erschienen in Paderborn. 4) Germanistische Handbibliothek von Zacher u. a., deren erstes Heft im Verlage der Buch-handlung des hallischen Waisenhauses erschienen ist.

III. Chronik.

Vor Ablauf des vorigen Schuljahres, am 24. September 1867, besuchte (was in dem letzten Programm noch nicht berichtet werden konnte) der Herr General-Superintendent Moll, begleitet von dem Herrn Pfarrer Pelka einem ehemaligen Schüler unseres Gym-nasii, verschiedene Klassen desselben, um dem Religions- und dem hebräischen Unterrichte beizuwohnen.

Das abgelaufene Schuljahr begann den 10. October 1867. Die Ferien waren genau nach den bestehenden Vorschriften bemessen. Von den epidemischen Krankheiten, welche im letzten Herbst und Winter in verschiedenen Theilen unserer Provinz zahlreiche Opfer forderten, ist die Stadt Hohenstein nur wenig, unser Gymnasium garnicht berührt worden. Doch wurden am 29. October der Schuldiener Roßczessa, so wie kurz vorher eins seiner Kinder und kurz nachher seine Ehefrau, durch choleraartige Anfälle, wie sie sonst hier nicht vorkommen, sehr plötzlich dahingerafft, und am 12. Dezember starb der Tertianer Arthur v. Frantzius, ein sehr kräftiger Knabe, an rheumatischer Erkältung und nachfolgender Auszehrung. Da seine Eltern seine Leiche zur Bestattung an ihrem Wohnorte Zawda bei Lessen abholten, so gaben ihm seine Lehrer und Mitschüler das letzte Geleite wenigstens durch die Straßen der Stadt bis in das freie Feld hinaus.

Nachdem schon im vorigen Sommer das die neue Amtswohnung des Directors enthaltende Gebäude errichtet und bezogen war, konnten die Räumlichkeiten der bisherigen Amtswohnung des Directors für die Zwecke des Gymnasiums eingerichtet und die baulichen Veränderungen in den bisherigen Schullokalien, welche besonders die Erweiterung der Aula bezweckten, während der Michaelisferien vorgenommen und ausgeführt werden. Seitdem hat das Gymnasium nun eine den Bedürfnissen entsprechende Aula, einige neue Klassenzimmer und die erforderlichen Räumlichkeiten zur Aufstellung der Lehrer- und Schüler-Bibliothek und des physikalischen Apparates.

Die schon früher bei dem hiesigen Gymnasium interimistisch angestellten Lehrer Otto Weise und Friedrich August Eduard Maletius sind nunmehr definitiv angestellt. Der erstere erhielt seine Vocation unter dem 15. Mai 1868 und wurde am 27. Mai vereidigt. Der letztere erhielt seine Vocation unter dem 13. Juni 1868 und wurde am 26. Juni 1868 vereidigt.

Eine Feier des Geburtstages Sr. Majestät des Königs Wilhelm I. wurde in diesem Jahre zufolge der Verfügung des Königl. Provinzial-Schul-Collegii vom 13. Januar von Seiten des Gymnasii nicht veranstaltet.

Musikalische Aufführungen von Seiten der Schüler, unter Leitung des Collegen Balbus fanden in der Kirche statt: am Tage der Confirmation (Sonntag vor Michael), zur Todtenfeier (am letzten Trinitatissonntage) und bei der Kirchenvisitation.

Der Turmunterricht dauerte vom Mai bis September, wurde aber nach den Hundstagsferien der großen Hitze wegen eine Zeit lang unterbrochen. Am 22. Mai unternahm der Unterzeichnete mit den erwachsenen Schülern eine Fußwanderung nach Gr. Kirsteinsdorf, bald darauf die Ordinarien der mittleren Klassen mit diesen eine Fahrt nach der Glashütte Gelguhnen, und die Ordinarien der Quinta und Sexta mit den Schülern dieser Klassen einen gemeinschaftlichen Spaziergang nach dem Stadtwalde. Dergleichen größere Spaziergänge einzelner Klassen wurden im September wiederholt.

Als Deputirter unseres Gymnasii begab sich der Oberlehrer Blümel, welcher selbst einst dem Thorner Gymnasium als Schüler angehört hat, zu der Feier des 300jährigen Bestehens dieser Anstalt, welche in den Tagen vom 7. bis 9. März stattfand, nach Thorn, um die Glückwünsche des hiesigen Lehrercollegiums dem dortigen Lehrercollegium zu überbringen.

Der Unterricht des Unterzeichneten wurde im Laufe des Juni etwa 3 Wochen lang unterbrochen, da er vom 2. Juni an den Sitzungen der Directoren-Conferenz in Königsberg und unmittelbar darauf vom 8. Juni an, den Sitzungen des Schwurgerichts in Mohrungen beiwohnte. Nur von den letzten Sitzungen des Schwurgerichts vom 22. Juni an, wurde er entbunden.

Die Abiturientenprüfungen fanden am 29. Februar und 18., 19. August Statt. Für den ersteren Termin war der Unterzeichnete zum stellvertretenden Königl. Kommissarius ernannt, bei dem zweiten Termin führte Herr Provinzial-Schulrath Schrader selbst als Königl. Kommissarius den Vorsitz.

IV. Statistisches.

Uebersicht des Lehrercollegiums und der Stundenvertheilung von Michaelis 1867/68.

Lehrer.	I.	II.	III. A	III. B	IV.	V.	VI.	Außerordl. Stunden.	Sa.
Director Töppen.	3 Deutsch 3 Geschichte 2 Griechisch	3 Geschichte	2 Geschichte						13
Professor Krause ordin. in I.	8 Latein	2 Virgil	2 Ovid	6 Griech.					18
Oberlehrer Blümel ordin. in II.	4 Mathem. 2 Physik	4 Mathem. 1 Physik	3 Mathm	3 Mathm	3 Mathem.				20
Oberlehrer Gervais.	2 Französ.	2 Französ. 2 Deutsch	1 Französisch 2 Franz. 2 Geographie	2 Franz.		3 Geograph.	3 Geograph.		19
ordentl. Lehrer Siebert ordin. in IV.	4 Griechisch	8 Latein			10 Latein				22
ordentl. Lehrer Heinicke ordin. in III. A			8 Latein		2 Französ. 6 Griechisch 3 Geograph	3 Französ.			22
ordentl. Lehrer Szelinski ordin. in III. B		6 Griechisch		8 Latein		9 Latein			23
ordentl. Lehrer Geise.	2 Religion	2 Religion	2 Religion 2 Deutsch		2 Religion 2 Deutsch	3 Religion	3 Religion	4 Hebräisch.	22
ordentl. Lehrer Balbus ordin. in VI.					2 Zeichnen	2 Zeichnen 1 Schreiben 2 Schreiben 4 Rechnen 4 Deutsch	2 Schreiben	6 Gesang 1 Zeichn.	24

Lehrer.	I.	II.	III. A.	III. B.	IV.	V.	VI.	Außerordl. Stunden.
Wissenschaftl. Hülfslehrer **Maletius** Ordiu. in **V.**			6 Griech.			3 Rechnen 4 Deutsch	9 Latein	2 Arrestf
Pfarrer **Dinder.**								4 Religion
Summa	30 St.	30 St.	30 St.	30 St.	30 St.	30 St.	28 St.	17 St.
			11 St. comb.			3 St. combinirt.		

Außerdem leitete College Baldus im Sommer den Turnunterricht in wöchentlich zweimal zwei Stunden, während deren die Aufsicht auf dem Turnplatze von dem Unterzeichneten geführt ist. Dr. Siebert verwaltete sowohl die Lehrer= als auch die Schülerbibliothek.

Die Zahl der Schüler betrug laut Nachweisung des letzten Programms gegen Michaelis 1867: 194. Abgegangen sind seitdem 31, gestorben 1, aufgenommen 44 Schüler. Es befinden sich gegenwärtig in I. 16, in II. 31, in III. A. 16, in III. B. 27, in IV. 32, in V. 46, in VI. 38 Schüler. Die Schülerzahl des Gymnasii ist hiernach 206.

Mit dem Zeugniß der Reife wurden zu Ostern 1868 zur Universität entlassen:

102. G. R. F. Dahrenstädt aus Lonkorß bei Bischofswerder, $18\frac{1}{4}$ Jahre alt, evangelischer Confession, Sohn eines Königl. Oberförsters, $6\frac{1}{4}$ Jahre Schüler des Gymnasii, 2 Jahre Primaner.

103. L. H. Donath aus Hansburg bei Soldau, $18\frac{1}{4}$ Jahre alt, evangelischer Confession, Sohn eines Rittergutsbesitzers, $5\frac{3}{4}$ Jahre Schüler des Gymnasii, 2 Jahre Primaner.

104. K. F. A. Gettwart aus Gilgenburg, $19\frac{1}{4}$ Jahre alt, evangelischer Confession, Sohn eines Kreisgerichts=Secretairs, 6 Jahre Schüler des Gymnasii, 2 Jahre Primaner.

Ferner haben sich vor einigen Tagen das Zeugniß der Reife erworben:

105. F. Boldt aus Grünkrug bei Deutsch=Eylau, $18\frac{1}{4}$ Jahre alt, evangelischer Confession, Sohn eines Brauerei=Besitzers, $7\frac{1}{2}$ Jahre Schüler des Gymnasii, 2 Jahre Primaner.

106. B. H. Seelhaar aus Hohenstein, $19\frac{1}{4}$ Jahre alt, evangelischer Confession, Sohn eines Forstkassen=Renbanten, $6\frac{1}{4}$ Jahre Schüler des Gymnasii, 2 Jahre Primaner.

107. J. C. Gervais aus Hohenstein, $20\frac{1}{4}$ Jahre alt, evangelischer Confession, Sohn eines Gymnasial=Oberlehrers, 13 Jahre Schüler des Gymnasii, 2 Jahre Primaner.

108. K. G. A. Günther aus Neidenburg, 19 Jahre alt, evangelischer Confession, Sohn eines Kaufmanns, 8 Jahre Schüler des Gymnasii, 2 Jahre Primaner.

109. H. Isaakfohn aus Mohrungen, 18 Jahre alt, mosaischer Confession, Sohn eines Lehrers, 7¼ Jahre Schüler des Gymnasii, 2 Jahre Primaner.

110. K. G. R. Krossa aus Guttstadt, 18¾ Jahre alt, evangelischer Confession, Sohn eines Kreis-Gerichts-Raths, 8¼ Jahre Schüler des Gymnasii, 2 Jahre Primaner.

111. H. A. Krupp aus Liebemühl, 19 Jahre alt, evangelischer Confession, Sohn eines Gerberei-Besitzers, 8½ Jahre Schüler des Gymnasii, 2 Jahre Primaner.

112. K. L. Siebert aus Wehlau, 19½ Jahre alt, evangelischer Confession, Sohn eines Post-Vorstehers, 6¾ Jahre Schüler des Gymnasii, 2 Jahre Primaner.

113. A. K. F. W. Zollenkopf aus Suckow bei Plau in Mecklenburg-Schwerin, 19½ Jahre alt, evangelischer Confession, Sohn eines Gutsbesitzers, 7¼ Jahre Schüler des Gymnasii, 2 Jahre Primaner.

Zur Unterstützung hilfsbedürftiger Schüler konnten auch in diesem Jahre 5 Thaler Zinsen des Belian'schen und 5 Thaler Zinsen des Ziegler'schen Legates, sowie die Vorräthe der Freibüchersammlung benutzt werden.

An Geschenken gingen dem Gymnasium in diesem Jahre zu: 1) Von dem Königl. Ministerium der Unterrichts-Angelegenheiten: Fortsetzung des Philologus von Leutsch und der Zeitschrift für Preuß. Geschichte und Landeskunde von Foß; 2) von dem Königl. Provinzial-Schul-Collegium zu Königsberg: Urkunden und Actenstücke zur Geschichte des Kurfürsten Friedrich Wilhelm von Brandenburg, Band 4., Nachträge zu Germaniens Völkerstimmen von Firmenich-Richartz, Originalaufnahmen aus dem heiligen Lande von Th. Rabe Lief. 1., Wandkarte von Deutschland von E. Leeder; 3) von dem ehemaligen Zögling des Gymnasii J. Simson und von dem Tertianer Weißermel verschiedene Bücher für die Schülerbibliothek.

Für die Lehrerbibliothek sind angeschafft die Fortsetzungen der Zeitschriften von Zarncke, Haupt, Sybel, Stiehl, Poggendorf; ferner Fortsetzungen der Encyclopädie von Schmidt, der kleinen Schriften von J. Grimm, der deutschen Bibliothek von Kurz, der preußischen Politik von Droysen, der deutschen Kaiserzeit von Giesebrecht, der römischen Alterthümer von Marquardt, der Experimentalphysik von Külp; endlich folgende Werke: Corpus Reformatorum von Bretschneider, 28 Bände, Kirchengeschichte von Nippold, Handbuch der Geographie von Daniel, 4 Bände, die Ureinwohner des skandinavischen Nordens von Nilson, Verhandlungen der Philologen ꝛc. zu Meissen, Cäsar von Nipperdey, Grimm's Rechtsalterthümer, deutsche Elementargrammatik von Hoffmann ꝛc.

Für die Schülerbibliothek wurden angeschafft Fortsetzungen zu Pertz ꝛc. Geschichtschreiber der deutschen Vorzeit, Pütz historische Darstellungen, Peter Geschichte von Rom, Masius der Jugend Lust und Lehre, Horn Spinnstube; ferner: Neumann Geographie des preußischen Staates, Kutzen das deutsche Land, Grässe Sagenbuch des preußischen Staates, Jahn die deutschen Freiheitskriege, Vincke der zweite punische Krieg, Cook der Weltumsegler, Kane in vier Welttheilen, Willkomm die Wunder des Mikroskops, Gerstäcker die Welt im Kleinen, Gude Erläuterungen deutscher Dichter, Werneke Ausgewählte

Oden von Klopstock, Loos der deutsche Aufsatz, Schade altdeutsches Lese- und Wörterbuch, Remy vom Fels zum Meere, Valerius Maximus, 100 Gammenabbrücke, Bomhard Vorschule des akademischen Lebens.

Für das physikalische Kabinet sind angeschafft eine Dezimal-Brücken-Waage, eine Deklinationsnabel, ein Halbatscher Apparat, eine hydraulische Presse.

Hohenstein, ben 10. September 1868.

Dr. M. Tœppen,
Gymnasial-Director.